ゲイで ええやん。

カミングアウトは
息子からの生きるメッセージ

伊藤 真美子
Itoh Mamiko

東京シューレ出版

もくじ

第1章 カミングアウト――5

息子からの告白 6
自分を問い直す夜 10
泣いて力をたくわえる 12
私の予感 16
自分の願いに正直に生きる 19
人間関係を結び直す 21
姉へのカミングアウト 24
息子の新たな一歩 28
私もエネルギーをためる 30
ゲイコミュニティスペースの存在 33

第2章 子育ち――39

息子の誕生 40
子育て時間 41
子どもの気持ち、大人の物差し 44
子どもの成長はうれしい 48
子どものちから 51
子どものやわらかい心 54
生活感ただよう漢字ノート 57
親に言えない子どもたちの真実 60
子どもは生活を背負って生きる 62
がんばれからエンジョイへ 67

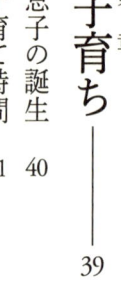

第3章 不登校―― 71

息子の登校拒否 72
母は心配じゃないの？ 76
祖父にとっての不登校 80
やおきの再登校 83
五月雨登校が続く 86
不登校は闘いの日々や 90
やおきの寄り道につきあう 93
学校に行かない朝は悩む 99
みんなに支えられてがんばる 102
前に前に連れていく春 104

第4章 学童保育―― 109

学童保育指導員、ドド先生の誕生 110
〝がんばろうな〟を言わせる子どもたち 114
子どもたちには救われる 117
子どもが支える学童保育 122
子どもは子どもによって変わる 126
居場所のもつちから 130
新しい自分と出会うために息子とともに歩く 138
それぞれのたびだち 143

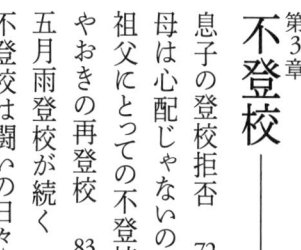

第5章

ともに歩む

ともに歩む――145
一生懸命生きる人の力になりたい 146
自分の決めたことをするのが一番ええ 151
子どもが親の背中を押す 153
子どもには子どもの生き方がある 155
生きていくには覚悟がいる、学習もいる 158
挑む楽しさがあるうちは、まだいける 161
苦労は夢や理想に近づけてくれる 165
わかっていてもたいていは揺れる 169
自分で決めたことでしか力を発揮できない 175
子どもは前に前に進む力を持っている 176

学童保育と夜間中学――解説　松崎 運之助（元夜間中学教諭） 180

あとがきにかえて 186

各章とびら写真◉伊藤 元彰
カバーイラスト◉伊藤 やおき

第1章
カミングアウト

息子からの告白

二〇〇八年十一月十日、きげんよく私が家に帰ると、いつになく息子のやおきが私につきまとって話しかけてきた。

「母、はじめて、かおるのこと聞いたとき、なんて思った？」と聞く。

「ふーんと思った？　いやっ、気持ち悪いと思った？」とたたみかける。

私は「さあ」としか答えていない。

でも次から次と「ゼッタイいやと思った？」と否定的な返事を求めてくる。

かおるは、私が学童保育で指導員をしていた時の学童っ子で、今は二〇代になっているレズビアンの女の子だ。さらりと聞き流せるテーマではないので、「さあ」ではすまされない。

私は着替えて、洗面台で顔を洗いながら、「私は、そういうの、いやとは思わん。

まして、気持ち悪いなんか思う人間は軽べつする。私の知り合いにそういう子は何人もいる」と一方的に言った。

「母、やおきが何が言いたいのかわかってるん？」と聞いてくる。

「うん」と返事をすると、「何がわかるん？」「ほんまにわかるん？」と、また同じような質問を何度もぶつけてきた。

私は「わかる、わかってるよ」と答えた。

「母に何がわかるん？」とさらに聞いてきたので、私は「やおきが、そうやってことやろ？」とやおきの顔を見た。やおきも私の顔をじっと見ていた。

「母は、いつからわかってたん？　なんで言ってくれへんかったん？　ずっと死にたかった。自分が気持ち悪かった、死んでしまいたい」とひざをかかえて泣きはじめた。

やおきが私の目の前で泣いたのは、何年ぶりだろう。赤ん坊の時と同じだと思った。ふだんとはまったく違うしわだらけの顔になり、岩を思わせる顔になる。この子はよほどつらくて泣いているのだろう。

「死んだらあかん。お前が死ぬんやったら私も死ぬ」

私は座り込んでやおきの肩を抱いた。

息子のカミングアウトは、私にとってある程度予想のついたことだった。中学生になって女の子と自転車で二人乗りしていても、バレンタインデーにチョコレートをもらっても、やおきは異性に対して興味を示さない。ある日、女の子が我が家に泊まりにきたことがあった。見た目も、話すことも、いとおしくなるような女の子だ。彼女はあきらかに、やおきに特別な感情をもっているようだ。二人が並んで、私の作ったおおざっぱな料理を食べている姿は、ほほえましくてかわいらしい。私はこの二人がカップルであればいい、とも思った。しかし同時に、どこかでそうはならないだろうことを確信するものがあった。

「この子が息子の彼女やねん」と、知り合いに紹介する瞬間へのあこがれみたいな気持ちも、私のなかにある。この女の子とカップルであってほしいと願う自分をみて、やっぱり息子は普通に生きてほしいのだということ、多数の側で生きていってほしいと考えているのが、よくわかる。

中学校の学習発表会に行った時のことだ。私は視力が悪いにもかかわらず、遠くから見てもやおきの姿がわかった。少し前まで、子どもっぽかったのに、急におっさんくさい、ゴツゴツした動きに変わった男の子たちのなかで、背丈はまわりと変わらないのに、子どもの頃のままのやわらかい動作をするやおきが目立っていたからだ。舞台の上でマイクを回すのを間違った時、おおげさな動作はやおきしかしない。ほかの子は「しまった」と思っても、表情のどこかにかすかに出るだけだ。

以前に梅田で姉のさわことパスタを食べた時、さわこが少し折り入った表情で「なあ、やおきがホモやったら、母どうする？」と聞いてきたことがある。

「べつにええよ」と私は答えていた。

私は本棚の前に行って、性の多様なありようを書いた、浅井春夫さんの『子どもの性的発達論入門』（十月舎刊）と、杉山貴士さんの『聞きたい知りたい性的マイノリティ』（日本機関紙出版センター刊）を探し出してきて、自分の部屋で泣いているやおきのところに持っていった。

「この本、読み」

やおきはうなづいて「うん、また」と言った。

私は何を思って、感情がいっぱいいっぱいになって、あふれ出してしまっている子に、わざわざ本を出したのかわからない。

さわぎを聞きつけて、隣の部屋でぐっすり寝ていた父親が「なにがあったん？」と起きてきた。やおきの部屋に行き「言ってもいい？」と聞くと、だまってうなずいた。

私は、「やおきはゲイやねんて」と父親に告げた。父親は、「いつからやねん？」とわけのわからないことを聞いてきた。私がやおきに本を持っていったのと同じ、突然にどうしていいかわからない状態での質問だと思った。

やおきが十七歳の夜だった。

自分を問い直す夜

泣きながら眠りにつこうと横になる。

やおきが私の目の前で泣いたことが、大きなショックだったけれど、私はどこかであきらめを含んだ安心感のようなものを覚えていた。私はたいてい、ここが底だなと感じるとそんなふうになる。これまで自分が大切にしていた価値を、それはしがみついていた価値だったのだと思い直す。漠然と望んでいたことを捨てる時なのだと、私は心のどこかで思うのだ。その後、混乱の時期がやってくる。指を切った瞬間は「切った」としか思わないが、その後痛みが広がり、傷が癒えるまで何日かかかる。私にとって、切った瞬間が底であり、その後の何日かが混乱の時期である。

ここ数年、私にはこれまでと違った不安がある。一生懸命にやっていたら「そのうちなんとかなるさ」という持ち前の情熱とのん気さがなくなっているのだ。なぜ私は人生半ばまでせっせと生きてきたのに、こんなに不自由な生活をしているのか？　何が違ったのか？　とささいなことでイラつくことがある。まわりの人から「大変やな」と言われるような状況にあっても、「自分はこれでいく」と決めている時はけっこうがんばれるけれど、自分で自分の状況を引き受けられなくなった時は、どうしようもなくしんどい。たぶん、これを更年期というんやろ……と思っていた矢先に、やおきが私にカミングアウトしてくれた。私がほんとうに大切にするものは何なのかを問い直すチャンスをくれたと思った。そして、やおきが私に話したことを受け入れることができた時、私は今よりずっと自由になるだろうとも——。

頭でわかっていても気持ちが添うのには時間がかかる。そんな時いつも思うのは、歯の痛みのことだ。歯が痛くても死ぬことはないとわかっていても、これほどつらいことはなく、逃れたいと思う。

ショックを受けて混乱している時はつらくて、とにかくそのことから逃れたいと願う。ここを過ぎれば次の自分に出会えるのだとわかっていても——。

泣いて力をたくわえる

やおきが私に話した日は、私たちの旅立ちの日だと思った。

そして泣いて力をたくわえよう、と……。

翌日は、一人になると涙が出た。けれど、一人になる時間が少な過ぎるとも思った。事務仕事もあるけれど、電話での対応や人と目を合わせて話をすることが、私の仕事の中心といっていい。

泣きたくてたまらない、今の私にはキツ過ぎる仕事だ。

昨夜、やおきが「生きていたくない」「生まれてこんかったらよかった」と言ったこと。「自分が気持ち悪い」「みんな気持ち悪がっている」「友だちなんかでけへん」と言ったこと。

異性としてやおきのことが好きだと思ってくれている女の子のこと。

これまで、すごく仲がいいと思っていた男の友だちと、会わなくなったこと。

以前、知り合いが、ゲイの学童保育の指導員をさして、「子どもの頃からそういう大人と一緒にいたら、イヤでもそういう要素が引き出されるんと違うん？」とさらりと言ったこと。

「なんで？」という言葉しか出てこない。

「なんで？」という言葉が頭の中をかけめぐる。

仕事が終わった帰り道、やっと一人になって涙があふれた。立っていられなくなって東京の友だちに電話をした。「元気？　どうしたの？」と言う電話口の声に、「息子が昨日、話してくれた」と伝えると、あとからあとから涙が出た。

「伊藤ちゃんが息子に言うことはひとつだけ。生きるんだってこと。でも、一人で生きちゃいけないんだってこと言ってあげて。近くにいたら、すぐに山ほどビール持って、飛んでったげるんだけどね。でも、きっと遠いから電話くれたんだよね。しっかりしろよ。かあちゃん」と言ってくれた。

私がふだん言ってることを、彼女の口を通して話してくれたのだと思った。

「伊藤ちゃんの動揺はね、息子のこれまでの苦しみと、これからのしんどさを思うと、当たり前のことだよ。いっくら心の準備ができてても、親ってそんなもんだよ」と私の気持ちをくんでくれる。私たちは仕事のつながりで『子育て、家族支援研究会』を立ち上げ、ああでもない、こうでもないと言いながら、いろんなことを現場から学び合ってる仲間だ。

翌日は早めに仕事を切り上げて、以前から読もうと思っていた『カミングアウトレターズ』（太郎次郎社エディタス刊）を買った。親友に時間をとってもらって本の表紙だけを見せ、ここ数日のことをつらつらとしゃべった。彼はひたすら話を聞いてくれ、「そういうことは、科学的にもはっきりさせられて、当たり前になってほしいよなあ、そんなことで苦しまんとあかんのは間違ってるで」と力説していた。

私は酔って、「私が世の中で一番きらいなものは偏見で、世の中で一番こわいものは偏見や」と何回も言っていた。

そうか……私は息子が偏見の目で見られるのがこわいのだ。

遅くに帰ると、やおきが「誰かに話した？」と聞いてきた。「うん、二人に言った」と答えると、「どれだけけしんどいめして、母に言ったかわかるんか?!」と怒鳴っていたけれど、五分もしないうちに、私が作ったサラダを山羊のようにサクサク、モグモグほおばりながら、「あと、五人までならいいよ。そのなかに姉とおば（私の妹）は入れんでいい。自分で言うから」と言っていた。

彼は大丈夫なのだ。混乱しているのは私だ。

ショック―混乱―受容―克服。

若い頃に習った、成長していく時のプロセスが、呪文のように浮かぶ。ショック―混乱の時期は必要だと自分に言い聞かせて、耐える。『カミングアウトレターズ』をお守りのように持ち歩いているが、文字を見ようとすると涙があふれ出るので読めない。毎日、涙をこらえているせいか、眠い。目を開けているのがつらいのだ。脳も休みたがっているのか……。

やおきが話してくれた一週間後の日曜日に、同業の四人で以前から約束していた大山崎での紅葉狩りに行く。

やっぱり、秋の空気はいいと思う。ずっと深呼吸していたい。晩秋は私の一番好きな季節なのだ。同僚の息子が彼女にふられ、仕事も失ったという話題が続いている。いつもの私なら、そういう話は聞き入ってしまうだろうと思う。でも今日はやっぱり「なんで?」しか出てこない。ぼーっとしている私のことを同僚たちは、よほど仕事の忙しさに疲れきってるのだ、と見ているだろう。もともと、紅葉狩りの企画をした夏の頃は、「パーっと行って、仕事の疲れをふっとばそう」ということだったのだ。

私はひたすら、ビールをぐいぐい、おでんをパクパク食べ続ける。時にはこういうキャラクターの日があってもいいかと思い、やけ食い状態だ。「やっぱり、伊藤ちゃんはよう食べるな」「そうやな。ここの店は前から連れて来たかってん」と同僚は話し続けている。

みんなと別れてやっと一人。こんな日もあるさ……と思いながら家に帰ろうとすると、そこに妹からのメールがきた。「やおきから聞いた。やおきは成長したなと思ったけど、あんたたち両親の気持ちを思うとつらくてたまらん」とある。またこの話かいな、今、ちょっと忘れかけてたのに……。

かばんの中の『カミングアウトレターズ』を広げてみるが、やっぱり涙ぐんで文字が読めなかった。

しばらく引きこもるしかないか……。私の気持ちと関心はそこにしかないんやもん。もともと、やおきが示してくれたことは、私がもっと知りたい、学びたいと思っていたことだ。私たちがよりよく生きるためのきっかけになっているんだ。

とはいえ、今はやっぱりショック—混乱の時だろう。めちゃくちゃ眠い。涙をいっぱいに出しているから？　それとも深い深いところで安心したからだろうか——。

私の予感

やおきが私に話してくれる二か月ほど前、書店で見かけた本を買った。本のオビにあった「僕、男の人が好きなんだ」のコピーにすい寄せられたからだ。

東京の知人の家に向かう新幹線の中で『聞きたい知りたい性的マイノリティ』を私は一気に読んだ。当事者の幼い頃の部分を読んでいると、涙があふれてきた。

やおきは、「お母さん寝る時は、いっつも髪の毛ほどいてるやろ」と言って、棒にひらひらと紙をちぎったものをくくりつけて遊んでいた。一人でいると毛糸を見ても、ひもを見ても、棒状の小さな筒を作り、てっぺんに貼りつけて、人形のように踊らせて、セリフを言いながら歌っていた。

保育所時代、若い保育士さんから「やおきくんには、お姉ちゃんがいたんですね。ときどき、鼻にかかったような女の子の言葉を使うので、どこで覚えてくるのかなと不思議でした」と言われたこともある。きっと、やおきは、私がわかろうとしない世界で、一人で抱えて生きていることがたくさんあると思った。

東京に着くと知人が迎えにきていて、新築の家に案内してくれた。学童保育の指導員として、若い頃から尊敬している人だ。

「疲れたでしょ、先にお風呂入っちゃいなさい」と言ってくれ、汗を流すと、彼女の手料理がテーブルの上に並べられていた。「伊藤ちゃんビールだよね」とグラスについでくれる。

私はあいさつもそこそこに、さっきまで読んでいた本を見せた。「私、息子が学校がイヤやとか、いじめられるっていう理由で、行かへん子やないと思ってた。理由はこれや」と一方的にやおきのことを話し続けた。

彼女は「いいじゃん」と言って、自分の娘が左利きで、まわりから矯正させたほうがいいとすすめられたことや、学童保育に通っていたたくさんの子どもたちとの出会いのなかで、少数派として生きている子たちのことを話してくれた。

「うん、わかってる。私はあの子がなんで学校行かへんかったかがはっきりわかって、スッとした気分やねん」と言った。

学童保育の研究会の相談をしにきたはずなのに、その夜はやおきの話で終わってしまった。

私は、自分の気持ちをスッキリさせて、東京から家に帰ると、いつもどおり東京みやげの〝東京ばな奈〟をやおきに渡し（私は一年に何回も東京に行くが、毎回、新幹線の駅で東京ばな奈シリーズのおみやげを買って帰る）、合わせて「新幹線でこの本読んだんやけど、また読みや」と本の表紙を見せた。

やおきは「ふーん」と言っただけ。

その時はもしかしたら、私が勝手に決めつけているのかも……と思っていた。

自分の願いに正直に生きる

やおきが私に話す二週間ほど前、私は学童OBのかおると、かおるの彼女、三人で居酒屋で会った（二人は女性どうしのカップルだ）。

かおるは彼女に子どもを産んでほしい、二人の子どもがほしいのだと言う。彼女の方は「焦りすぎやねん」とたしなめていた。だけど、かおるは二人で大事にする対象がほしいし、なにか証《あかし》がほしいのだと話す。近頃、真剣に悩み続けているらしい。

「ほんとうに一人の人間を育てたいと思うんやったら、二人が一致してからでも遅くはないやろ、もっと葛藤しろ、葛藤！　人生は闘いやぞ」と私は例によって、半分自分に向かって投げる言葉を発した。

かおるは、「わかった。やっぱりドドに会えてよかったわ」と彼女と二人で帰っていった。

家に帰ってやおきに「かおる、子どもがほしいんやて。悩んでたわ」と話した。やおきは「ふーん、たいへんやな」と答えただけだった。

私はかおるから自分が好きな人は同性だと聞かされた瞬間を覚えていない。それほど、私にとっては当たり前に近い受け止め方をしたのだろう。

彼女は子どもの頃からスポーツが好きで、小学校高学年の女子特有の、グループになって行動することを好まなかった。口数も少なく、他人の中傷もしない。自分の気持ちを説明するのは大の苦手な子どもだった。

中学校の途中で学校に行かなくなり、親せきの家に身を寄せて、お店を手伝うこともあった。幼い頃から誰からも愛される性格のかおるが、中学生になって状況が急変することは私には信じられず、よほど彼女のなかで周囲とはなじまない、何かが起こったのだろうと思っていた。

高校に進学したものの、ほとんど通うことはなく中退して、別の通信制高校で学ぶことを決めた。十代半ば過ぎで、一人暮らしをしながら〝自分探し〟をはじめた。たまに大阪へ戻ると、窮屈な気分になり、ある日、コンビニで買い物をしていると息ができなくなって「やっぱり、ここで生きるのはムリだと思った」そうだ。

「ドドがおってくれてよかった」と成人してからのかおるは、子どもの頃とは比べものにならないほど、自分自身の心境をよく私にしゃべる。彼女としゃべるたびに、私は自分の願いに正直に生きたいという意欲が湧くのだ。

私が四〇歳を過ぎた頃、仕事や役割をどんどん増やして、身体が悲鳴をあげて背中が痛くて動けなくなったことがあった。気分も滅入って、どうなることかと不安をかかえて、かおるに電話したら「今すぐこっちにおいで」と一泊二千円の宿を予約してくれた。私は六月分の給料を持って、学童の仕事はOBに頼み、突然に四日間の休暇をとって、リフレッシュを求めて飛んでいった。

大自然のなかで、かおると人生を語り合っていると「よし！　生きよう」という勇気が湧いた。

彼女は生きる喜びをつかむために、いつでも自分の持っている力を出しきっている。

人間関係を結び直す

やおきが私に話してくれて一〇日目。

アルバイト先に気になる男の子が来ると話している。

やおきは私へのカミングアウトをきっかけに親しい人に話し、その反応を見ながら、新しい関係を結び直しているようだ。「返事はいらん」と言っても、「やおきは、やおき」と返ってきたり、「うちの彼氏とったらイヤやで」と返ってきたりすると笑っていた。

私はやおきより、進むのに時間がかかっている。もっとも、やおきにはこれまで長い長い葛藤の時間があっての今のなのだが。

私自身の内側をのぞいてみると、この人は「人間としてどうなん?」「男として?」「女として?」「～として?」と、先に枠をつけて見るクセがついていることに気づく。たいていそういう時は、マイナスの評価があとにくる。ずっと私はやおきのことも、ほかの人のこともそんなふうに見てきたのだ。私はほんとうに、人は一人ひとり違うのだとわかっているのだろうか?

私は楽しい時は表現するが、それ以外はわりと無表情なままで仕事をしている。なるべく余分なことにエネルギーを使わないように、日常の業務をこなしている。

それにしても、長時間労働過ぎる。ここ数日、十二時間労働が続いている。私は自分の想いたいことを想いたいし、考えたいことを考えたいのに、その時間が少なすぎる! そんな時に一から十までしゃべり合う友だちと会議で一緒になった。

「こんな長時間労働の毎日、耐えられへん。自由時間がほしいわ」と友人の顔を見るなり私がぼやくと、「終わったあとちょっと行こや」と居酒屋に誘ってくれた。私が三人目と決めている友だちだ。

日頃から、「『世の中、男と女しかおらんのに、種を残さんやつは自然の摂理に反する』と大口をたたく輩《やから》が多すぎる」と怒っている人だ。以前に「人間の性には少なくみても十六通りのグラデーションがあるのだ」と言って、浅井春夫さんの本を私に貸してくれたことがある。独身の彼女に「安定した彼を紹介してあげよう」と親切にしてくれる人もいくらかいたそうだが、「紹介なんかしてもらわなんでも足りてる」と言い放って生きている。

やおきのことをちょっと話すと、一緒に万博公園の観覧車に乗った幼い頃のやおきを思い浮かべて、「そっかー、あのかわいかったやおきがなー」としみじみ言った。そして「それより、伊藤さんは休んだ方がいい！　だいたい私らって、こんなに仕事してんのに、病気で休むことって全然ないやん。今は病気になってもおかしくない状況やで。休むべし！　明日から三日間！　今すぐ三九度の熱が出たって考えてみて！　熱が出たら三日は休むやろ。働き過ぎ！　病気や！　これは私の命令！」と怒りだした。

別れ際、「いい？　三日間やで。ほんとは一週間くらいは休むべきなんや」と彼女は強く言って立ち去った。

たしかに「自由時間がない」とボヤき続けている私は、自分の状態を大きく逸している。明日はムリだけどあさっては一日休もう。休むと決めた前日は、ほんとに背中がぞくぞくしてきた。自律神経が乱れているようだ。そして休むと決めた日は、やおきが学校に行ったあと、昼頃まで眠り続けた。何も考えないことは幸せなことだ、と思いながら……。

夕方から思い立って「来れるなら来てね」と、チケットをいただいていたバイオリンコンサートに出かけた。演奏者の生きる勢いが伝わってきて涙があふれ出た。この機会に思いっきり泣けばいい。

家に帰るとやおきがうれしそうだった。高校の担任に言ったら、わかってかわからいでか、キョトンとしたそうだ。また、学童保育に行ってた頃からの、姉がわりの男っぽい先輩に話したら「うちかて、いまだに自分が何者かわからん。うち、伊藤家のひとみんな好きやで」と言ってくれた時は涙が出た、と話していた。「カラオケ行こか？」と誘ってくれたので、ふたりでガンガン歌いまくってきたと、すがすがしい顔だった。

姉へのカミングアウト

やおきが私に話してくれて二週間。

私が二泊三日の名古屋、東京での仕事から帰ると、さわこからの手紙がテーブルの上に置いてあった。内容はだいたいの察しがついたけれど「母へ、さわこより　＊お金ではありません」と封筒に書いてあるのを見て、気持ちが軽くなった。

やおきが「一番言いたいけど、一番言いにくいのはさわこ」と言っていた。私も早くさわこに話して、私の気持ちを聞いてほしかったけれど、「さわこには自分で伝えたい」とやおきが言ったのでそれはやめていた。

『母へ。

名古屋の帰りの特急の中で、めっちゃ長文のメール打っててんけど、まちがって消してもおて、やる気なくなったから、父のマネして手紙にするわ。やおきの話やけど、何日かかかってやっと受け入れるコトができた。最初言われた時にどうせウソやってゆうオチがついてくるんやと軽く流してて、そのオチがくるのをずっと待ってた。待ってたし、沈黙がつづくにつれてウソやって早く言ってほしいって思ってた。でも結局さわこが想像してる結果とはちがくて、めっちゃ泣きそうになった。でも必死でガマンして、泣くのガマンしてんのやおきに気付かれたくなくて、目合わせれんかった。しかも「あんたに一番に言いたかってんで」って言われてほんまにショックで、家でゲイの友だちのコト、ネタにしてたコトとかめっちゃ後悔した。その日は結局受け入れられんで、次の日の朝、母に話されたときもほんまは泣きそうやった。でもガマンした。みんながが出て行って、家にてんまると二人になってから今までガマンしてた涙が全部出てきた。やおきに誰にも言ったらアカンって言われてたケド、誰かにきいてほしくて、ともちゃんにでんわして、またわんわん泣いた。ともちゃんは気付いてあげられんかったってめっちゃ自分を責めてた。さわこも自分ばっかり責めてたし、やおきのコトも受け入れられんかった。ともちゃんとでんわ終わって何とか化粧して仕事行くとき、めっちゃ空がキレイやった。ドラマみたいなコトゆうケド、空がキレイすぎて、自分の小ささが情けなくなった。それと同時にやおきがめっちゃ愛おしく感じてきてまた涙がでてきた。一生さわこがやおきを守ってこおって思った。あの日の夜に、八階の廊下から見た空とくもの形は一一生忘れへんと思う。んで、その日の夜に、ヒロシくんに話して、受け入れてもらえんのなら別れようと思ってた。これから先、結婚とかはまだまだ考えてないケド、ずっと一緒にいたいって思ってるから、もし、さわこの家族のコト受け入れるコトができへんのなら、今のうちに別れとことう思って、ヒロシくんはずっと同性愛は汚いって前から言ってたから、別れる覚悟で話したら、「それを理由にオレとお前が別れるコトは、弟に対して失礼なコトやろ」っておこられた。冷静に考えてそう思った。ヒロシくんはやおきと仲良くなりたいって言ってくれた。うれしかった。この一週間いろんなコト考えて勝手に病んでたケド、やおきに自分を責めるのだけはやめてって言われたから、前を向いてこうって決めた。でも名古屋のおばあちゃんに「ぜいたくなことやけど、やおの結婚式は出たいな」って言われた時はツラかったな。おばあちゃん、めっちゃ母の話しとったで。めっちゃほめてた。だから大事にしなさいって言われた。おばあちゃんといっぱい母の話して、母のコトめっちゃかっこいいって思った。尊敬する。父のことも。やおきの一件で家族の大切さに気付くコトができて、さわこは今めっちゃ幸せ。母にはいつかヒロシくんにも会ってほしい。自慢のFAMIL
Yや☆　これからもよろしく♡
二〇〇八．一一．二六　さわこヨリ
P．S．次に手紙かくのは結婚式かな（笑）』

つれあいのお母さんは名古屋で一人暮らしだ。八〇歳を過ぎて、心臓の手術を受けると決心した。私が出張のついでに、お義母さんの顔をのぞきに行った翌日、さわこも一人でお見舞いに行ったのだ。さわこは話好きな名古屋のおばあちゃんといっぱい話をしたのだろう。

また、ともちゃんはやおきとガンガン、カラオケを歌ってつき合ってくれる、学童時代の友だちで、幼い頃から週の半分以上も我が家で夜を過ごしていた、家族のような存在だ。

手紙をもらった翌日、さわこは遅出、私も午後出勤にした。さわこが泣きながら、やおきからさわこへのカミングアウトのメッセージを見せてくれた。人生で一番感じやすい時、私が一生で一番楽しい時、と言っていた時期に、やおきは死ぬほどつらい日々を生きてきたのだ。「ホモ」と呼ばれ、そのことでからかわれ、自分を無にして生きてきたのだ……この四年間。

息子の新たな一歩

夕方、私が職場でパソコンに向かっていると、やおきからケータイにメールがきた。「高校に入ってはじめて、駅から猛ダッシュした。間に合った！」と。そうか、エネルギーが湧いてきたのだ。

やおきは、学区で一番遠い府立高校を選んで入学した。家から自転車で十数分の十三駅まで行き、十三から阪急電車で石橋駅、そこで乗り換えて終点の箕面駅から、さらにバスか自転車で二〇〜三〇分かかる高校だ。

マンションの横の中学に行かなかったやおきだ。ここの高校に通うには強い意思がいるだろうと、入学式に高校へ行った時に思った。私たちのふだんの感覚は、箕面といえば観光で行く場所なのだ。

そして、高校に入学しても登校するのは月に十日ぐらいだ。

担任の先生は「何が原因なんでしょうかねぇ」と真剣に考えてくれていた。ただ、秋から始めた、ファミリーレストランの調理場でのアルバイトは、毎日熱心に通っていた。

私は一生懸命なやおきの姿をみると安心する。

「このままでは欠席が多すぎて単位が足りない。三年間で卒業するのは厳しい」と先生から指摘された。

「高校行ってもおもしろない。やめようか」とときどきやおきは話している。

やっぱり私は、「自分で決めたらいい」としか言いようがなかった。

「通信制なら、よけい意思が強ないとアカンし、人に会わへんかったら、おもしろなくなるタイプやし」とやおきは自分の思うことを話していた。

高校の単位をとるため「高校認定試験を受けたらどうか？」というアドバイスを先

生からもらい、アルバイト先の先輩に話したら、「オレが教えたろか」ということになったらしい。ときどきその先輩が家にも来て、やおきに数学を教えてくれていた。

そして自分一人でも教科書をひらいて勉強していた。秋口に試験を受けると、合格して高校数学の単位はとれたようだ。高校の合格発表よりも喜んでいた。

やおきが私にカミングアウトしたのはその数日後だ。

私もエネルギーをためる

やおきは、姉のことを「首にあんなキスマークつけるような女、接客業失格や」と軽べつではなく、あきれたように笑って話す。

そんな姉のことを私もやおきも好きなのだ。仕事も遊びも、好きな男の子との時間も、いつも一生懸命だからだ。さわこは、私ゆずりのよき女の特徴をたっぷりそなえている。一途さと、したたかさと、忍耐強さと。生きてるってこういうことやん！　生きる喜びってこんなんやん！　と感じて生きていってほしい。そしてやおきには、ゆっくりゆっくり大きくなってほしいと思う。自分が好きで好きでたまらないと思う人にも出会ってほしい。

カミングアウトからやおきに前へ向かって進む力が湧いてきたように見える。

私も彼を見習って、どうでもいいことに自分を消耗させるのはやめよう。四〇歳を過ぎたらもっと好きなことを中心に生活したいと三〇代の頃は思っていた。実際はますます時間的なゆとりがなく、そうはいかなかったが、たったひとつ実行できたことがある。成人した学童のOBにフルートをもらい、その子のお母さんからレッスンをしてもらうようになったことだ。「四〇過ぎてから始めたことは〝プロになってやろう〟と思うことなく、楽しみだけでやれていいよ」と軽く励まされて、練習する時間もとらず、レッスンの時だけ音を出すことに集中して、日常のストレスから解放されていた。

そのフルートを習いにいった時のことだ。いくらやってもスラーを一息でいくことができず、途中で息をついでしまう。「ここまでいくっていう覚悟をして音を出してね。意識してないことはゼッタイできないからね」とアドバイスを受ける。

「ほんとうに私は覚悟が足らん、口だけの奴やな」とあらためて思う。あらゆることをその時の自分の心境で受け取ってしまうのだ。本屋さんで『覚悟するということ』（五木寛之著）を手にとって買った。しんどい時は、〝いったん死んで生まれかわること〟が必要らしい。かんたんではないがそれしかないか——。

学童に指導員として就職した時に面接してくれたＯＢが亡くなった。お葬式で泣きすぎてか、身体がゾクゾクした。友だちには、「うつが身体にきてしんどい」と、わけのわからんことを言っていたが、ほんとに死にかけている。

やおきが話してくれて、一か月、私の四七歳の誕生日だ。

仕事が終わって遅くに帰ると、さわことやおきがプレゼントをくれた。二人の小さかった頃から、今までの写真をアルバムにしてくれていた。写真を見ていると「まんざら、悪い親でもないやん」と思う。二人は私のことを心配してくれてるのだ。うれしいけど、身体に力がない。いっそのこと、熱でも出てくれればと思うが、かんたんに熱の出る身体でもないのは自分でもわかっている。仕事も年末の追い込み、忘年会シーズンにも入る。無理してテンションを上げたりせずに、「睡眠」「食事」「ランニング」の三つが、今は何より大事だと念じ続けよう。

職場の忘年会で、今年一番のニュースをひと言ずつ話すことになった。秋からゆううつそうな顔をしている日が続いていたが、仕事がよほどイヤなのかと思われたくもない。さほど親しくない人も参加している席だけど、自分をいつわるのはもっとしんどい。

私の順番になった時、やおきがカミングアウトしてくれたことのショックと喜びとしんどさをざっと話した。やおきのことを話して以後、自分の子どものことを私だけに打ち明けたりして、しんどさを共有してくれた知人がいく人かいる。しかし、私はやおきのことは、しょっちゅう言う必要はないと思っていたが、性の少数派がまわりにいることを、当たり前だと認めない今の時代には、言えるところではがんばって話したいと思っている。むしろ、こんなステキな息子だと自慢したいくらいなのだ。

ゲイコミュニティスペースの存在

人間は矛盾だらけでおもしろい。やおきは彼氏と呼ぶような人ができたようなのに、私は年が明けても身体のゾクゾク感と、集中力のなさがとれず、こんなことで生きていけるのかと不安になっていた。年が明けて、学童保育で一緒だったお父さん、同僚のお母さん、社会活動で私に手とり足とり教えてくれて、やおきの世話をしてくれた先輩が立て続けに亡くなった。生きていることのかけがえのなさを感じようとするものの、身体に元気が湧いてこなかった。

お正月に実家へ帰った時は、男女のカップルを見るだけでムカムカした。「なんで？

こんなええかげんな男が彼女に愛されているのに……」という感情が押さえようもなく、こみあげてくるのだ。

やおきが、私のまったくわからない価値の世界へ行ってしまったという喪失感も押し寄せてくる。今頃、〝彼氏〟と会ってるだろうことが私にとって、異物を飲み込んだような感覚をもたらした。

「私ってこんな人間やったんか」としか思えない。いくら気をもち直しても身体がだるい、ということが春まで続いた。更年期か、アルコール依存症か……。

四月のフルマラソンに向けて身体を整えることをきっかけに、ちょっとアルコールをやめてみようと決めた。大阪城と淀川の堤防を走るのは気持ちよく、完走したとき、やっと、がんばって生きていこうと思えた。心身ともに飲み込むことに半年近くかかったのだろうか。

そして、私自身が今の年齢にふさわしく、自分自身に誠実に生きるべし、と思えたのはさらに半年後の十月ごろだ。結局、やおきのカミングアウトは私が落ち込むためのきっかけだったのかとさえ思ってしまう。

やおきが私に話してくれた時、『カミングアウトレターズ』の本があってよかった。その時、私自身はわかってるつもりでも、しっかり飲み込めているわけではなかったのだ。私たちと同じような親子は、どんなふうに越えたのだろうか？

福祉の仕事をしている友だちに話したら、「伊藤さんは、やっぱりエリートなんや。『なんでうちの子が？』ていうのは、障がい児の親や、交通事故にあった子の親、みんなが思うことやで。障がい者の施設バンザイと言いながら、自分の家の隣に施設が建つと聞いたら『反対』と言う人が大勢という事実も見てきた。人間って、そんなもんやねん。いろいろ言うてても動揺するんや。当たり前のことやねん」となぐさめ、叱咤激励してくれた。

とはいえ、今をどう過ごしていいかはわからない。何でもいいからわかりたい。最初から最後まで涙を流しながら『カミングアウトレターズ』を読んだ。本の中で梅田近くの堂山にあるコミュニティスペースが紹介されていた。開館時間は、夕方五時から十一時。立ち寄ることのできる時間だ。

私はこれから生きていけるのだろうか。やおきの気持ちは整理されたとはいえ、これから社会が受け入れてくれるのだろうか。

当事者に会ってみたい。今、私のまわりにいる人は、異性愛が前提で生きている人たちなのだ。

カミングアウトから一か月以上たった十二月半ば、やっと私は、通勤途中でもある梅田界隈の堂山にある「dista」に行った。しょっちゅう、近くを通っているはずなのに、異国へやってきたように、おそるおそるスペースのあるビルの四階まで、エレベーターで上がった。ドアが開くと、パンフレットが棚に並び、すぐ横に入っていけそうなスペースがあった。

「あっ、ここだ」

何人かの男の子が、イスに座ってふざけたりしゃべったりしている。私がぼんやり、部屋の様子を眺めていると、奥からスタッフらしき女性が現れた。

「はじめていらっしゃったんですか」と問われ、「はい」

「ここ、すぐにわかりました？」「はい」

「みなさんわかりにくいっておっしゃるんですよ」

「そうですか……」と、私は生返事をしていたかと思うと、セキを切ったように「息子が先月、自分は同性愛者だ。ずっと死にたかった、と話してきて、どうしてもここにきたかったんです」と話し出した。

「そうですか、ちょっとおかけになりませんか」とそばのイスに案内してくれた。大きなテーブルのはしっこには、一人の男性が座っている。私と話している女性が「今日は待ち合わせ？」と声をかけていた。

私は自分のこれまでの子育て、子育てに関する考え方など、初めて会う目の前の女性にたくさんのことをしゃべった。この女性も、ざっと、ここのスペースについて、厚生労働省がエイズ予防財団を通じて事業化していること、ゲイやバイセクシャルのひとが気軽に立ち寄って、必要とするものを手にすることができる場所がほしいという願いから生まれたところであり、運営はゲイコミュニティのひとがやってる、という説明をしてくれた。

そして自分自身が、なぜここのスタッフ（コンシェルジュと呼ぶらしい）をすることに決めたのかを、これまでの自身の育ち、価値観の遍歴を交えながら、くわしく話してくれた。

そのあと、横のスペースを眺めながら、「けど、ここに来ている子たちは、ほとんど、まだ両親には話していません。それくらいに、親に話すってことは、イチかバチかのことなんです」と私に言った。

私もやおきも立ち寄れる場が近くにあってよかった。なにかあったらここに来たらいい、と感じた。

第2章
子育ち

息子の誕生

やおきは一九九一年八月八日に生まれた。

労働条件が定まっていない、ましてや出産代休のために来てくれるひとがなかなか見つからない、産休などもってのほかという、共同運営の学童保育の指導員をしながら、子どもを産んで育てるのは苦労も多い。二人目の子どもを産もうと決めた時から「ふつうに大きくはならんだろう」との覚悟から、私が勝手に子どもの名前を、やおき、〝七転び八起き〟と決めていた。

八月のお盆を過ぎた頃に、産まれる予定だったのが、八日の明けがたに破水した。破水すると間もなく陣痛がはじまった。四年前、娘のさわこを産んだ時も、破水して陣痛がはじまったが、逆子で動かず帝王切開だった。今回も同じパターンになった。手術の時間が午後三時と決まり、腰に麻酔が打たれると、陣痛がウソのようになくなった。いくらかの不安はあるけれど、子どもに会える喜びは大きい。すぐにお腹から泣き声がした。五〇代の婦長さんが「おお元気な男の子や。へその緒が八周も巻いとるわ。こんな長いへその緒はじめて見たわ」と言うのが聞こえてきた。手術台に横になった私の目のおおいを取って赤ん坊を見せてくれた。やおきは真っ赤な顔をして、全身で泣いていた。いつもいつも、おだやかな表情の姉のさわことは違うなと思った。

手術が終わって部屋に戻ると、私の母が叔母に「男の子や。ひとかわ目の大きな男の子や」とうれしそうに報告するのが聞こえた。「そうか、あの岩みたいな顔をしたやおきは、目の大きな子なのか」と思った。早く会って、一緒にいたい。

私は、やおきを妊娠してから、これまで苦手だったトンカツをパクパク食べ、心も陽気な気分になるのを感じた。お腹が大きくなってきて、太鼓のリズムを聞くとやおきはよく動いた。きっと心身ともに楽しいことが好きな子どもに違いない。私にないものを持った子どもだろうと思った。そんなやおきがお腹の外に出てきて、泣いているのは不思議でロマンチックなことだ。

子育て時間

子どもと必死に生きている濃密な時間は案外、短い。

やおきはちっちゃい頃から、極端にいとおしく思える部分と、やりにくいという部分を持った子どもだった。

姉ちゃんのさわこは、生まれた時から、おっぱいを飲みながら眠ってしまうような子で、今でも横になったと同時に眠ってしまっている。

やおきは、おっぱいやミルクを飲み終わると、再び活動を開始し、そうかんたんに眠るような子ではなかった。夜中に泣いて、抱っこして、立ってゆすって泣きやませることの繰り返しで、私は睡眠不足でクタクタだった。あまりに泣くので、ふとんの上に放り投げたこともある。

二〜三歳の頃は夜もぐっすり眠らないし、ヘソを曲げるとなかなか元に戻らない。まわりの大人には何が原因でヘソを曲げているのかわかりにくい子どもだった。きっと、本人が一番つらいに違いないと思うが、そう思う分、やおきの気持ちが理解できない自分にイラ立ちも湧いた。

保育所の帰りに「やおき、どうしたんだ?」と私の友だちが声をかけてくれても、泣きっぱなし。その友だちと別れるまで、グズって泣いていた。夜になって「なんでおばちゃんと会った時、ずっと泣いてたん?」と聞くと、「お母さんが口で言わずに、やおきの手から取り上げたからや」と言う。やおきはいつも手に自分の手作りの人形を持っていた。その人形を取って、私がかばんにしまい込んだから泣いていたらしい。夕方の急いでる時間に、私にそんなことわかるわけないのだ。とんちゃくする余裕はない。話してる間中、不機嫌だったやおきを見て、友人はなんて思ったろうか？「じゃあ、こんどおばちゃんに会った時、それで泣いてたんやって言うとこうな。きっとおばちゃん心配してるわ」と私が言うと、「言わなくてもおばちゃんはわかってるで」とやおきは答えた。そこまで話すと、やおきはよくわかっている子どもだと思う。そして、私は知人たちに息子のことを聞き分けの良い、かわいい子どもとして映ってほしいと願っている母親なのだと、自覚させられる。

「やおきの誕生日っていつ？」と聞くので、「八月八日やで」と答える。八月の暑い日の夕方、ちょっと涼しくなってきたから、おばあちゃんの家で、犬を連れて畑に散歩に行ったら、お腹が痛くなってきたので、「あっ、やおきが生まれるかな」とお母さんは思ってん……と話すと、ずっとだまって聞いている。やっぱり、よくわかっているのだなと思う。

「お母さん」と言うので「何？」と答えると、「お母さん誰と結婚するの？」と聞く。

「やおき」と私が答えると、「やおきとお母さんは結婚できへんで。だって、やおきが大人になった時、お母さんはおばあちゃんになってるもん」と言う。じゃあ、なんで聞くねん？　という気持ちでだまっていると、何度も繰り返した会話にいきつく。「やおきが大人になっても、ずっとこの家で一緒に住もうな」「うん」と私は答えながら、この約束、何回したかなあ、と思う。話は終わったかと思いきや、「お母さん、やおきもお姉ちゃんも全員大人になって一緒に住んでたらどうする？」と話しかけてくる。私もマジメに「大丈夫や。隣の家の人も大人ばっかりで一緒に住んではるやろ」と答える。「知ってるで。お母さんも子どもがいない時は、大人ふたりやってんやろ」と、話をまとめてくれる。いったいどこまでわかっているのやら……。

子どもの気持ち、大人の物差し

私と二人の時はかわいい、かわいいやおきだが、ほかの大人と一緒の時は、何かやらかさないかとビクビクする。友だちの親子とやおき、さわこ、私の五人で外食をしていた時のことだ。一日中歩き回って、お腹のすいているやおきは、注文したカレーライスをものも言わずにバクバク食べ出した。「よっぽどお腹すいてたんやわー」と私と友人は、やおきの食べっぷりに感心していた。ところが次の瞬間、やおきが火がついたように泣き出した。「どないしたん？」と私が尋ねても、泣き続けて何もわからない。「ほんまに、この子だけはわからんわー」と、私はお手上げの状態だ。

上の二人の子は成人している、私よりひとまわり年上の友人は、気は短いがふところは深い。「いや、伊藤さん、なにかわけがあるんやで」と言って、やおきの食べていたカレーを一口、自分の口へ運んだ。「あー、これやこれや」と教えてくれた。やおきの食べかけていたカレーは、大人の私たちが食べても口から火が出るほど辛かったのだ。「そうかそうか、早よ、水飲み」と友人が私たちのコップの水をやおきにすすめると、泣きやんで、次々に全員の水を飲み干した。その早業がおもしろくて、私たちはケラケラ笑った。

やおき、ごめんね……。私はいつも〝まわりの人に迷惑がかかわんように〟という物差しで、やおきに接しているよね。学童では、えらそうに〝子育ては人に頼ってやる事業〟と言ってるくせに……。

私が夜の会議が終わって十一時ごろに帰ると、父親とお姉ちゃんが寝ているのに、やおきだけはたいてい起きていた。会議での学童の保護者からの言葉が頭の中に残りクタクタの私は、やおきが「お腹すいた……」と暗い部屋から出てくると「ごはん残ってるやん。ごはん残しといて、なんじゃ！　ごはん食べろ」と怒鳴った。そんな日は、なかなか眠りにつかなかった。そのかわり、翌日は夕方早くから寝てしまっていた。寝顔を見ると、私がこの子のリズムをむちゃくちゃにしてるなと思ってしまう。

遠足の日さえ忘れ、いつも通りに保育所へ送ってから思い出したこともある。近所のコンビニで小さいお弁当を買って、あわてて届けた。夕方、お迎えに行ったら、先生からあきれかえるようになぐさめられた。やおきは「おさんぽ遠足やで」とあっけらかんと言っていた。「本格的な遠足やないねんから、気にしな！」という感じで励まされてしまった。

翌日もそれが話題になり、友人が「そら、あかんで」と私に言っていると、自転車のカゴに座ってたやおきが「やおきは、いいで」と口をはさんだ。大人びた口調に私はびっくりした。

五歳の頃、ぜんそくがあるやおきのために、綿の毛布を買った。身長一七五センチを超えた今もその毛布で寝ている。「母が、〝やおきのためにこれ買ったんやで〟というてたん、覚えてるで」とふとんを敷きながら言っていた。そうだ、注文した綿毛布が届いた日、やおきは大喜びして「これで寝たい」と叫んで、自分で毛布の袋をかかえて運んだのだ。

私が憂さ晴らしで友だちと飲んで、夜中に八階の家に帰ったら、やおきが起きていた。「お姉ちゃんが寝てしもうたから、ベランダに出て〝おかあさーん〟と呼んだら、お母さんみたいなひとがおったから、エレベーターで降りたけど、違うひとやってん」と言う。「そうかー、二人で留守番の日やのにのんきなお母さんやな」と思いながら聞いていたら、「前みたいに〝やおきー〟って言って、お母さんが見えるところから帰ってくると思ったから」とキョトンとした顔で言っていた。

その何日か前、夕方に私がマンションの敷地に自転車で戻ると、やおきの姿が見えていたので、「やおきー」と呼ぶと、やおきは笑って飛んできた。その時のことを言っているのだ。

別の日は、夜遅くに座り込んで何かをしている。近づいたら、お便り帳にどっさり貼ってあるシールを一つひとつ、丸っこい手ではがしていた。

私が眺めているのに気がつくと、「先生が『かってに貼ったらあかんでしょ、取りなさい』って言ってん」と話す。「やおき、赤ちゃんに戻りたい」と言う。「なんで？」と聞くと「だって、おこられへんもん」と言う。もっとかわいがられたいんやね、と思った。

子どもの成長はうれしい

近頃はあまり見かけなくなったけれど、公園に子どもたちを乗せて、ぐるぐる回る遊具があった。やおきは何人かの子どもが乗っている遊具につかまり、走ってぐるぐる回し、ある程度の速度で回りだすと自分もぶらさがって、そこに飛び乗っていた。友だちが乗っていると、キャーキャーとさわいで喜ぶのを楽しみ、自分だけの時も、一人で速く回しては、飛び乗って楽しんでいた。そんな姿を見ると男の子だなあ、と感心した。

お姉ちゃんはピンクの服と靴を履いても男の子に間違われていた。やおきはその反対で、お姉ちゃんのおさがりで、ピンクのセーラー襟のシャツがよく似合っていた。夕方、保育所にお迎えに行くと、散歩の時に拾ったというピン止めを保育士さんにつけてもらっていた。「すごい似合ってるでしょ」と一緒に笑う。保育所から家までは数キロあり、夕食の買い物もするので、帰宅途中にたいてい知り合いと会ってしまう。その姿が気に入っていたのか、「お母さん、やおきが男の子やいうことといったらアカンで」と言っていた。本当にかわいらしかった。

春先の日曜日の朝、めずらしく、一緒にお弁当を作った。

ミニハンバーグや玉子焼き、絵入りのかまぼこなどを、やおきはていねいにお弁当箱に詰めていた。手を止めて、「お母さん、野菜がないから、キャベツかレタスがほしい」と言うのでびっくり。冷蔵庫から新キャベツを探してやおきに渡すと、これこれという表情をして、例の丸っこい手で包丁を握り、キャベツの芯をていねいに切り取ったあと、一枚ずつはいで、大きく切って、ハンバーグの下に敷いていた。並べ終わると、お父さんのところに飛んでいって見てもらう。次は、だまってお茶を口の小さい水筒に注ぎ分け、また、お父さんに見せに行った。私と一緒にお弁当を作るなんてこと、ほとんどないものな……もうこんなこともできるんだと感じ入った。

遠足の前の日、「うれしい日だね、明日は遠足だ」と言うと「うん」ではなく、しばらく間をおいて「タアちゃんたちはええな」と話す。「なんで？」と尋ねると「駅に迎えに来てもらえるもん。やおきは早く迎えに来てもらって、家に帰りたいねん」と言う。遠足からの帰り、姫島駅に着くと、お母さんたちがそこに迎えに来ているのだ。私はその時間に行くのは無理なので、やおきはそのまま、保育士さんたちと保育所に移動していくのだ。

遠足当日も、学童を飛び出して、大急ぎで保育所へ迎えに行くと、やおきはラストの一人になっていて、庭の水たまりの水をおもいっきり飛ばして、自分の顔や服にかかることを喜んでいた。いつもより早く行った私は、しばらく保育士さんと一緒に、そんなやおきを眺めていた。これが子どもや、大人とは違うと思いながら――。

「さあ、帰ろうか」と私が声をかけると、「今日な、子どもでざりがに釣れたのやおきだけやで」と、遠足での出来事をしゃべりだした。今日の遠足はザリガニ釣りだ。じーっと辛抱強いやおきの性格が功を奏してか、クラスでたった一人だけ、ザリガニを釣ったと大喜びしていた。

どこで食べたことがあるのか、八百屋さんの前を通ると、いちじくを買ってほしいと何日か続けてねだっていた。季節は春、「今ごろ、いちじくはないよ」と私は答えていた。

店の前で「りんごは置いてないのんけ？」と聞いている男の人がいた。そのまま、素通りしようとすると「お母さんも、あのおっちゃんみたいに聞いて」と言う。なかなか的確なことを言うやつだと感心して、あと戻りして、ないのはわかっているけれど、店のおじさんに「いちじくは？」と尋ねた。八百屋のおっちゃんは親切に「ないなあ。今は一年中出てるけどな。ただ、旬は夏やから、うちは夏しか置かんねん。夏なら安いで」と教えてくれた。これでやおきも納得しただろう。

再び、自転車をこぎはじめると、「やおき、やっぱりいちじく夏でええわ。お母さん、高いお金持ってないから」とおもむろに言う。数日前、保育料の滞納をお迎えの時に注意されたばかりだ。かしこい子やなあと思いながら、目頭が熱くなった。

子どものちから

四歳の頃、保育所から帰りの自転車で、急に「お母さんって、〝はは〟やろ」と言う。意味がわからず「なに？」と聞き返すと「おかあさん。母やろ？」ともう一度、聞き直してきた。そんな言葉、どこで覚えてん？　と思いながら「なんで？」と聞くと、「燃える八月のあーさ、の歌で言ってるやろ」と言う。一か月ほど前の「平和の集い」で、大人たちが練習で「青い空は」を歌ったのだ。〃燃える八月の朝、影まで燃え尽きた、父の母のきょうだいたちの……〃の歌をさして言っているのだ。やおきなりに意味を知ろうとしているのだ。

休みの日は、洗たく物を干すのも、取り込んでたたむのも、食器を洗うのも、「お手伝いする」と言って一緒にしてくれた。子どもが一生懸命集中して物事に取り組んでいる姿ほど、いとおしいものはない。やおきは、鼻水をたらしながらも、真剣なまなざしで台に乗って一生懸命に皿洗いをして、食器を重ねている。

私はついつい調子に乗って、「やおき、小学校のお兄ちゃんになったら、こうやって毎日、皿洗ってなー」と言うと、「うん。その時、お母さんもお手伝いしてな」と答え笑わせてくれた。

クリスマスの朝、目が覚めると、サンタさんからのブロックが届いているのを見たやおきは、大喜び。青いネルのパジャマを着たまま、座り込んで中を開いて見ていた。とたんに、足がイタイイタイと言って泣き出した。寒さに弱いやおきは、足の指がしもやけとひび割れで、化膿しているようだ。消毒して包帯を巻いてやる。少々のことでは痛がらないやおきなのに、こんなうれしい時に泣き叫ぶのは、そうとう痛いのだろうと思う。しかし、今日は学童も冬休み一日目、私は遅刻していくわけにはいかない。雪の降るなか、痛くて足をひきずっているやおきを自転車に乗せて、保育所に送っていった。

その日は、一日中足を気にして遊んでいた様子なので、翌日、病院に連れて行く。ひび割れたところが化膿して痛いこともあるが、レントゲンを撮ってみると、医者は「そうとう痛いはずです」と言う。幼い子どもにしかない軟骨が炎症を起こす「第二ケーラー病」だと診断された。血行をよくして、しばらく安静にしておくようにと、医者から注意され、一定の間をおいて、検査に行くことになった。一か月後に医者へ行った時、無邪気に「もう、ぜーんぜん痛くないねん」と言うやおきを見て安心した。

病院の玄関を出ると「お母さん、やおきなあ、雪のふる日に、足、いたいいたいいうて泣いててん。やおき、朝おきたらめっちゃいたかったから、魔法使いのおばあさんが、黄色い粉ふりかけたと思った」と、もうすっかり過ぎ去った過去のこととして話してくれた。次は三か月後に検診だ。やおきが元気になってくれてよかった。

冬の朝はきつい。外に出ると霧が深かった。大阪で霧なんて、珍しい。子どもの頃はしょっちゅうだったので、集団登校しながら、一人ずつスタートして、前の子が見えなくなったら、次の子が出発しようと言って、ワクワクして歩いたものだ。やおきも驚いている。「これ、霧やで」と言うと黙って立っていたが、「お母さん、きりって空から雲がとけてきてるん?」と聞いてくる。「そうかもしれんなあ」と私も答えた。霧はどこか不思議でロマンチックだ。

冬の雨の降る日は気が重い。自転車に二人で乗りながら、カッパを着ても、傘をさしても二人とも濡れるのだ。ハンドルを握る手が凍りつきそうになる。マンションの玄関を出る時、ぐっと下腹に力をいれなければならない。傘を開こうと、自転車置き場の方向に顔を向けていると、その横に立っているやおきが「お母さん、きびしい朝やな」とひと言つぶやく。私は「うん」と答え、よし!と力が入る。やおきの力は大きい。

子どものやわらかい心

「なんでこんなに余裕がないんや?!」と思う日が続いていた。たまに、私が家にいると、さわことやおきはつまらないことでけんかをして、ごはんを食べようとしない。私はごはんのあとに、内職が控えていてあせっているのだ。早く食べるようにと大きな声を出してもきかない二人の前で、私は怒って、皿を冷蔵庫に投げつけた。お姉ちゃんは、自分の前にあるものをさっさと食べて、隣の部屋で明日の準備にとりかかってしまった。やおきは一人残って、テーブルの上にあるものを食べ続けている。

割れた皿の横でごはんを食べ続けるやおきをみると、申し訳ない気持ちしか湧いてこない。黙って破片の片づけをしていると、やおきが「なんで皿割ったん?」と聞く。「すごい悲しくて、すごい怒ってたからや」と私が答えると、「いつも、すごい悲しくて、すごい怒ってても、皿割らへんやん」と言いながら、やおきはごはんを食べ続けていた。

そうだ、私は子どもたちに甘えすぎている。

翌朝、お姉ちゃんはチャキチャキと用意をすませて出て行った。まだ小学二年生だというのに。やおきは朝ごはんのパンを食べながら、「やおき、あの皿、気に入ってたのに」と言っていた。子どもは本当にやさしい。私こそ「ええかげんにせえ!」と怒鳴られるべきなのだ。

朝、やおきがマンションの下のゴミ収集車をずーっと眺めている。私の弟もブルドーザーやミキサー車を眺めるのが好きだった。私はまったく興味がわかないが、男の子にとってはおもしろいのだろう。

「やおきの家にずーっとまえ、おおきい牛さんのぬいぐるみあったやろ？　あの牛さんもあんなんみたいに捨てられたん？」と聞いてきた。赤い洋服を着た、けっこう大きな牛のぬいぐるみがあった。遊ばないし、じゃまになっていると思い、黒いビニール袋に入れて、そーっと捨てたのは一年ほど前だ。あの牛の人形と重ねて、目の前の収集車に砕かれる、様々な形あるものを見ていたのか……。私は「うん」とも「いいや」ともつかない、「んー」というあいまいな返事しかできなかった。

私はどれだけ、こんなふうにやおきのやわらかい気持ちを蹴散らしているのだろうか。

ベランダ横の部屋の隅に、溶けた水あめがあり、たくさんのアリが群がっている。八階だというのに、どこからこんなにアリがやってくるのだろう。日曜日だから、チャッチャと家の掃除をしようと私は意気込んでいる。さっさと殺虫剤を取り出して、アリにふりかけた。

台所のガスレンジをせっせと磨いていると、やおきが「おかあさん」と泣きそうな声で呼ぶ。「どうしたん?」と飛んでいくと、「おかあさんたいへんやねん。アリさんがな、水あめ食べすぎて、お腹イタイイタイいうて、死んでしもてるねん」と私に訴えるのだ。

私は、やおきのやわらかい新芽を、ブルドーザーで土ごと掘り返してしまっている気がした。

「保育所のかたつむりさんが、お腹すいてるからキャベツ買って」とせがむような子どもだ。私はやおきのやさしさを大事にしているだろうか?

生活感ただよう漢字ノート

やおきは教科書やノートは、さっさと片づけ、廃品回収に出す。やおきは整頓好きだ。三歳くらいの時はひょうきんなことと、掃除が好きなことで、おばあちゃんたちは「やおきは大人になったら、漫才かそうじの仕事をしたらええな」とよく言っていた。

たまたま、私の目にとまった漢字ノートがおもしろくて、今も私の本棚に置いてある。

やおきは国語が好きだ。
五年生の時の毎日の漢字ノート。毎日、花丸をつけてもらっているから、なおさら好きになったのだろう。

「逆」親に逆らう
「解」先生の話をやっと理解する
「快」さわこがジュースを飲んで、すっきりそう快した
「損」母の仕事についていって損をした
「寄」かなしんでいる人に寄りそってなぐさめてあげる
「統」血統書つきの犬を飼う
「夢」まさ夢をみて泣く
「保」ぼくはもう保育所を卒業している
「護」ぼくの将来のゆめは動物愛護センターではたらくこと
「能」ぼくには料理の才能がある
「群」公園のすみにアリの大群がいて気持ちわるい
「比」ぼくは、いつも姉と比べられる

「限」おかしを食べようとしたら賞味期限がきれていた
「祖」ぼくはよく祖母の家にいっている
「接」お母さんに直してほしいとこを直接話そうと思った
「制」かんとくが映画を制作する
「飼」ぼくの家ではペットを飼っている
「態」母がいやな態度をとる
「状」母におこられて理由を白状する
「綿」冬に綿毛布でねる

その時の生活が、そのまま漢字練習の「短文」の欄に書かれていて、思わず吹き出してしまう。五年生の時に、知人の家から血統書付きの犬〝てんまる〟が家にやってきたり、学童保育で起こったエピソードをもとに台本が作られ、『ランドセルゆれて』という映画が制作されていた頃だ。

担任の男の先生のことを「先生は子どもがめっちゃ好きやねんで」とうれしそうに話していた。五年生、六年生の二年間、やおきの担任だった先生は「伊藤君は、男女を問わず友だちが多くて、学校では楽しそうですよ」とおだやかに語ってくれた。その分中学に入学したときは、親子そろって小学校を恋しく思った。

親に言えない子どもたちの真実

ある日、私とさわこ、やおきの三人で晩ごはんを食べていると、ピンポーンと玄関のチャイムが鳴った。ドアを開けると二つ下のフロアーの女性が立っている。「こんばんは」と私が言うと、「これ！」と私の目の前にビニール袋が差し出された。見るとビニール袋の中に、白いごはんが入っている。

「えっ？」と聞き返すと、「これが上から降ってきたんです。お宅の子どもさんのでしょ！」と強く言われた。部屋の奥に戻って「あんたら、ベランダからごはん捨てたんか？」と聞くと、二人とも「知らんで」と首をふる。

「知らん言うてますけど、子どもにあとで話聞いときます。すんません」と言って帰ってもらった。子どもたちがいる部屋に戻り、「ずっと私がいてたのに、ごはんなんか投げるわけないやんな。ムチャクチャ言うてくる人やな……」と、私はちょっと憤慨して独り言を言って終わった。まだ、さわこが小学校一、二年生の頃だったかと思う。

あれから、十五、六年。犯人が時効になる年が経った。つい最近、やおきが「やおきとさわこが二人で留守番しとった時、さわこはいっつもやさしかったで」と言い出した。

私もそれはわかっているつもりだ。やおきがいい子にしていたら〝やさしいハチさん〟がやってきて、手紙やプレゼントを置いていってくれていたそうだ。その頃、よく飲んでいた「ハチミツレモン」の缶に描いてある、ハチのイラストを紙に描いて、さわこがやおきをなだめていたのだ。やおきがぐずると「そんなことしてたら、もうやさしいハチさん来へんで」と言っていた。私が夕方、一度家に帰ってきて、二人の夕ごはんを用意して、「これ食べときや」と言って出かける。二人でごはんを食べるわけだが、やおきがごはんを残して食べられなくなると、さわこは「十秒目をつぶっていたら、やさしいハチさんが助けにきてくれるで」と言って、やおきが目をつぶっている間、さわこが「一、二、三、四……」と数えながらベランダに出て行ったというのだ。「目をあけたら、ごはん食べてくれとってん」と笑いながら高校生のやおきが私に話していた。

健気な二人の留守番姿が浮かぶ。

と同時に「なにーっ?!」と今さら思う。

下の階のおばちゃんが怒鳴り込んできたのは、ヌレギヌを着せられたわけではなかったんや。そんなこと、しょっちゅうやってたんかいな、とあきれながらも、申し訳ない気持ちでいっぱいだ。

若い親は、まったく自分の姿も、わが子たちの姿も見えてなかったんやな、とおかしくなった。

もう時効ということでカンベンしてください……。

子どもたちはユーモアをもって、一つひとつのハードルを越えていくのだ。

子どもは生活を背負って生きる

子どもたちにとって、私はほんとうにキツい親である。というか子どもの声にじっくり耳を傾ける余裕がない生活が続いている。だから、少しくらい揺れたり、うしろを向いたりした方が自分も、子どもたちも豊かになるというものだ。

さわこもやおきも、学童っ子の親たちがまわしてくれるお古の洋服やかばんで、ほとんどこと足りた。それで満足していたはずなのに、さわこは小学二年生の時、初めて「セーラームーン」の下敷きでないとイヤだと言い出した。続いて、三年生になるとすぐ、キャラクター物のプールバックがほしいとねだってきた。

我が家の経済状況が下がり始めた頃だった。父親の収入があるかないかの時は、何を見ても腹が立つ。テレビのつけっぱなしに腹が立つし、クーラーがついていても「風でがまんしろよ」とイライラする。

そこにきて「かばん買うてほしい」とさわこが言ってきた。「なんで？　かばんあるやん」と私が返すと、「みんなの持ってるやつがほしいねん」と言う。「みんなが持ってても、ウチの家は関係ない。あのな、十人おって、九人の子が持ってても、ウチは持ってない一人や思っとき！」と私は怒鳴った。

さわこは「わかった」と隣の部屋へ行った。部屋からはコトリとも音はしない。私はあわてて、晩ごはんを作っている最中だったが、握り締めていた包丁をまな板の上において、さわこの部屋をのぞきにいった。部屋のすみっこで、さわこが大事にしているハムスターを両手で抱えて泣いていた。

ごめんな、むちゃくちゃ言うてたな、私……。

次の日、やおきが紙に「おかあさんはさわこにびしびしやっているんだね」「おねえちゃんわがままをいうていた」と書いていた。

私は十代の頃から、将来は仕事を続けて、結婚して子どもを産むと決めていた。

学童の指導員になって最初に驚いたことは、子どもは子どもとして生きているのではなく、一人ひとり生活を背負っているという事実だった。看護師さんの子どもは「今日の夜、お母さん家にいてるねん」とうれしそうに話してくれるし、大人はお父さんだけだという家の子は、毎晩当たり前に子ども二人でごはんを食べていた。私が描いていた、無垢なだけの子ども像はありえないとわかった。働いて、子どもを育てると言っても、それは自分が育った境遇から描いていたことだった。

私は両親、祖父母もいつも働いていたが、夜を子どもだけで過ごした経験がない。学童の子どもたちは男の子の二人きょうだいでも「昨日、お母さんが家にいてたけど、生理痛で寝てたから、お兄ちゃんがブロッコリーをゆでて、二人でごはん食べてん」とか「お母さんが帰ってくるまで、友だちの家でお風呂入っててん」と話してくれる。親が日中だけでなく、夜にいなくても、子どもたちはたくましく生きていることを知らされた。素朴に「この子ら、えらいなあ」と何度も思った。

二一歳で学童の指導員になった私は、子どもや親に頼りなく見えたことだろう。父母会で何人もの親たちがズラーッと並ぶと、緊張もあってうまく子どもの様子を伝えきれなかった。そこでしばらくして、親を小グループに分けて、一人ひとりの子どもについてじっくりと話をしたいとお願いした。四～五人のグループになると子どものことだけでなく、親の仕事のことや家のなかのこともゆっくり聞ける。

働き続けるために保育所が必要だったこと、場所を探して保育所作りをしたこと、子どもが熱を出すたびに夫婦げんかをしたこと……など、たくさんの苦労話を親たちが話してくれた。「独身の先生にはわからんやろうけどね」と言いながら。

私は負けん気も半分手伝って、どーんと生きている学童の子どもたちの姿と自分の子育てを重ねて、「私だってやれる」と指導員をしながら子どもを産んで、育てることを決めた。

さわこを産んで仕事に復帰する直前に、摂津市から学童保育の近くに引越しした。保育所までは歩いて三〇分くらいかかるが、首が座らない赤ん坊を連れていくにはそれしかない。保育士さんは以前から知り合いという安心感はあるが、かわいいさわこともう少し家にいたいと思いつつ、〝エイヤッ！〟と預けて学童に向かっていた。学童の子どもたちと一緒にいると、目の前のことに追われてしまうが、授乳の時間になると、乳がたまり胸が痛くなる。その時は自分のお乳をさわこに飲ませたいとつらい気持ちになった。

さわこは産まれた時から、私の同志、友だちだと思っていた。真っ白でか細い赤ん坊だったが、保育士さんに「お母さんゆずりで、態度がでかい」と言われたこともある。

眠る前には絵本を読んで、わずかな時間を共有していた。さわこは私と一緒で、お話の世界が大好きだった。

さわこが四歳になる頃にやおきが産まれた。さわこはやおきが言葉のない頃から、よく絵本のお話を聞かせて喜んでいた。やおきが産まれる前に、さわこはひらがなの読み方を覚えてしまったくらいだ。家の近くにあるひらがなの看板を「あ・お・ぞ・ら」とか「よ・ど・つ・こ」と読んで喜ぶ子どもだ。

さわこはショートカットのせいもあってか、男の子と間違えられるほど淡白でりりしい顔立ちだ。保育所に向かう自転車の前かごに乗っているさわこは、雨が降って、顔や腕がびしょびしょになっても、保育所の友だちのこと、絵本のことやらを私に話していた。雨が顔を打ちつけて私が泣きそうになっているのに、さわこの横顔にはうっすらと白く輝くうぶ毛がはえ、いつもまっすぐ前を向いてたくましかった。

さわこを「私の幼い友だち」と呼ぶ私に、保育士さんからは「さわちゃんはがんばりすぎてるよ。たった一人のお母ちゃんなんやから、もっと甘えさせてあげて」とアドバイスされた。

夜の会議に出席するため、はじめて四歳のさわことゼロ歳のやおきを置いていった時のことだ。「誰か来ても戸を開けたらあかんで」と言い残して家を出た。会議が終わって急いで帰り、玄関を開けるとさわこがうれしそうに飛んできた。「宅配便のおっちゃんがきて、荷物おいてってたで。さわこ〝いとう〟って書いてん」と伝票を見せてくれた。確かに受け取り印の欄に幼い字で〝いとう〟と書いてあった。まだ、字も教えていないのにどうして書けたのだろう。「あんなに戸を開けたらアカンと言ったのに開けたのか」と叱る気になれなかった。さわこをいとおしく思う気持ちがいっぱいになって、涙ぐんで喜んでしまった。

子どもはがんばってできることは精いっぱいやってみるし、役立って親を安心させたいと思っている。「こんな幼い子どもに留守番させたらあかんな」と反省しながらも、やむをえない時は「やおきをたのむで」とさわこに言って、出かけることもあった。幼い二人は「いやや」と言うこともなく、がんばっていたのだと思う。

がんばれからエンジョイへ

自分自身を振り返ると、年齢にふさわしい経験を積み、成長してきているかなと思う。

二〇代の頃は仕事と子育てに必死で、子どもがいるから仕事が手薄になるということを、自分の気持ちが許さなかった。子どもを預けている保育所の保護者会活動も、自分に役割がまわってくると最大限に責任を果たしたいと、自分を追いつめるところがあった。私にぴったりの言葉は〝がんばる〟だった。

当時の学童の指導員には、就業規則としての産休制度が確立していたわけではないが、世間通りの産休期間が過ぎると、親たちが自主的に運営する産休明けの保育所に子どもを預けた。保育所での会議や事業活動には必ず参加しなければならないと思っていたし、子どもが熱を出しても仕事を休むというようなことはできないと、自分でしばりをかけていた。学童保育で知り合った人のなかで、日中は家にいる人を見つけ、子どもが病気で保育所に預けられない時は、その人たちにお願いした。夜にある仕事の会議も子どもを連れていくか、誰かに預けるかという日々が続いた。とにかく自分の責任を果たすことが第一義で時間から時間に追いまくられていた。

好きなマラソンも自分のがんばりを支えるひとつだった。なんでも自分ががんばればなんとかなると思っていた。仕事でも、学童の子どもたちには「がんばれ」「がんばれ」「練習したらうまくなる」の方式で生活作りをしていた。私自身、どこかで誰かに認めてほしいという気持ちが常にあったように思う。けれど、なかにはその通りにがんばれない子どももいる。二〇代後半から「ほんまにこれでええんかな?」と考えはじめた。

そんな時参加した篠山マラソンで、沿道からの〝がんばれ！ ファイト！〟の声援に混じって、ひときわ大きく〝エンジョイ〟という女性の声があった。私はマラソンの大会は自分に向き合うために走っている。「そうや、これや！」と思った。私に欠けているものはこれだ。今を楽しむ感覚があまりにも少ないのだ。がんばってばかりでは自分だけでなく、我が子も学童っ子も息苦しいだろう。四二キロを走ってゴールする頃には、三〇代では目的優先でなく、プロセスを楽しめるやわらかさを持って生きていきたいと思っていた。

そう決めてから、保育に関する見方、子育てに対する考え方にも変化が表れてきた。自分の責任を重視するのではなく、ひとに頼れる人間、甘えることができる人間になりたいと思うようになった。それでも〝頼まれたら引き受けてしまう〟という性分は変わらない。うまく調整することができないのだ。

「自分の子、ほっといてまでする仕事なんか？」と親に言われてぶ然としたり、「外のことばっかりしてんと、家のなかのことにも目を向けろや」とつれあいに言われてけんかはする。「さわちゃんたちはお母さんを助けようと思って必死やけど、ほんとはさびしいと思うで」と知人から指摘されたりもした。

どうすればいいのか？

三〇代も後半になって、やっとわかったことは〝サボることの大切さ〟だ。倒れる前に休むことはもちろんのこと、集中して仕事や役割をこなし、いさぎよく「今日はやめとこう！」と思うことも必要なのだ。やみくもに一生懸命になっても、こなせる量には限界がある。ひとにまかせ、頼ることが大事だとわかるようになった。

そして四〇代に入って〝息を抜く〟ことができるようになった。そこを見計らったように、やおきからむずかしい問題を突きつけられたのだった。年齢を重ねた分、生きる姿勢が自然体に近づき楽になっている。息を抜くことができるようになって、息を吸い込む容量も増えている。

だから若い時分にもう戻りたくないと思う。楽しいこともたくさんあるが、必死過ぎて息苦しかったことを思い出すからだ。また、子どもたちの幼い頃の写真を見ると、後悔に似た感情が湧いてくることもある。こんなにかわいい時に、そのかけがえのなさを充分に味わって、親としてかかわってこれたのだろうか、その年齢の子にしかできないかかわり方をしただろうか、いつもいつも自分のやるべきことを優先して、子どもたちを振り回してきたのではないだろうか……。

でも、現実のさわこととやおきはどっこい生きている。

第3章
不登校

息子の登校拒否

中学校一年生の、十二月の朝、やおきは学校に行かないと言った。数日前から、「体操服がないから遠足に行かない」とか「遅刻して行きたい」と登校をしぶっていた。

やおきが学校に行かないと私に言った朝、ついにきたかと思ったのと同時に、学校には行ってほしいと思った。共働き一家にとっては学校に行ってくれたら安心だ。とにかく私は、その日「今日は休みます」という連絡だけを学校にした。

「なんで行かへんの？」

「行きたくないから」とやおきは言う。

「行きたくないだけで行かれへんの？」

「母は何もわかってない。座ってるだけでうしろから消しゴムや紙くずが、背中に飛んでくるつらさがわかるんか?!」と叫んで泣いた。

やおきが私の前で泣くのは珍しい。ほんとうは激しい性格の子どもだが、ずっと自分で加減しながら生きてきたのだとあらためて思った。まだ幼さが残るやおきは、そのままふとんにもぐりこんで泣いていた。

やおきが一学期からクラスでいじめがある、自分もいじめられている、ということをときどき話していたけれど、私は今の中学校はやっぱり大変や、くらいにしか思っていなかった。四歳上の姉の中学校時代もそんなことを言っていたが、同時に「あんなやつらとはかかわらんとったらええねん、ムカつくから」と言い放っていた。さわこは学校ではやかましい子、バカさわぎが過ぎる中学生だと叱られながらも楽しんで、卒業していった。陽気で、小学校の頃は友だちが多いと言われていたやおきも、そんなふうに中学生活を送るだろうと思い込んでいたのだ。

学校に行かない子どもには、学童保育でこれまでに何人か会っている。わざわざ、なじめないクラスの空気に自分の価値観を曲げてまで、学校に合わせる必要はないんじゃないか。学校に行くことを選ぶまで、一緒に待とうと、その子たちの親とは話し合ってきた。

「ついに我が子も」という気持ちと、「なぜ我が子が?!」という気持ちが交差し、どうしていいのかわからない。はっきりしているのは、やおきが学校に行かずに家にいることは、私にとってつらいことであり、行ってくれたら私は安心するだろうということだ。

仕事をやりくりして私は、学校に行って担任の先生に会い、「クラスでいじめられている子がいることについて話し合ってほしい」と伝えた。担任は「確かにいじめられている子はいるけれど、伊藤くんに関してはいじめはないと思う。伊藤くんなりの理由があるのではないか。」という意見だった。私より少し年上で、男性の体育の先生だ。先生がほかの気になる子どもたちの様子を、私にたくさん話すのを聞いて、やおきについての情報も対策も得られないものの、担任としては限られた時間のなかで、クラスの子どもたちのことをよく見ていると感じた。

そんなことを友人に話すと、「そんなええ親しててどうすんねん?」「そんな時は、親として、どないかしてくれ!って言うて学校に怒鳴ってくもんや」とアドバイスされた。

別の友人は「ちっちゃい頃から、ずーっと伊藤さんは仕事ばかりで、やっぱりやおきはさびしかったんやで。今は一緒にいてやり。せめて、夜の会議はやめて、家にいてやりよ」と痛いところをついてくる。

学童保育の指導員をしながら、子育てをするからには、我が子に渡せるものはお金でも、時間でもなく、仲間のあたたかさと、人とのつながりだと思ってきた。「それなのになぜ？」という気持ちが、消しても消しても湧いてくる。なぜ人のつながりがイヤで、一番元気盛りの男の子が、昼からベッドに横になっていないといけないのか？しんどくて力が抜けそうになる。

今、私ができていることは何だろう。

「学校に行く」という子どもにとって当たり前とされている行為をわざわざ否定するのは、私のような学校に通いつめた者にとってはとても勇気のいることだ。その子にはそうせざるをえない理由、あるいは事情があり、周囲にいる大人は理解を示す必要があると思う。

私の職場の学童っ子も、何人かが小学校の高学年、中学校の頃に学校へ行かなかった。その度に、私は不登校の子どもの集い、親たちの集まりに参加している。親たちはたいてい、自分を責めている。一方子どもたちは「学校にいるだけで、自分でないような思いになる」「居場所がない」「息苦しい」と話していた。

子どもは今とは違う自分に成長して、自分にあった形で、また社会に参加していくだろう。

親としてやおきの葛藤を見守り、一歩踏み出すのを待つしかないのだ。

母は心配じゃないの？

私の住むマンション敷地の道路を隔てた向い側に中学校がある。窓からふざけ合う中学生の声が聞こえ、道路でも体操服姿の中学生がランニングをしている。

私は隣の中学校区の学童保育に勤めていたので、昼ごはんは家に食べに帰ってきていた。玄関のドアを開け家の中に入ると、外で見かけたたくさんの中学生と同じ年齢のやおきが、テレビの前にいるか、ベッドに横たわっている。

「なんで？　なんでこの子が家にいなければならんのか？」と考えてしまう。

やおきが学校を休みはじめた冬のバレンタインデー。夕方の会議の前に、私が家に帰ったわずかの時間に何度かインターホンが鳴り、女の子が手のこんだチョコレートを届けてくれた。本人は「これは食べにくいよなあ」とつぶやいて眺めている。中学生が異性に好感をもたれる、これ以上に楽しいことはないやろと、私は思う。何がイヤで学校に行かないのか？

この日、寝屋川市で十七歳の男の子が小学校に入り、先生を刺す事件があった。彼は中学一年生から不登校だったとニュースで報じられていた。翌日、喫茶店でサンドイッチを食べていると、隣のテーブルのおばちゃん二人がその話をしている。

「えらい世の中になってしもたもんやなあ。学校に入って先生を刺すやなんてなあ」

「ほんまやで。だいたい、その子中学一年の時から学校行ってなかったいうやないの。ええ若いもんが家ん中にじーっとしとったら、何やるかわからんで」というところまで聞いて、私は、サンドイッチを半分皿に残したまま、店を出た。あんなに、食いしん坊で、もったいながり屋の私が――。

その日の夜は、珍しく私に予定がなく早くから家にいた。やおきが「今日は仕事ないの？」とうれしそうに寄ってきた。そうだ、今日こそ、この子とゆっくり過ごそうと私もうれしくなり、一緒にごはんを食べる。すると突然に「なあリストカットってどこ切るの？」とやおきが聞くので、私は急にイライラしてきて「さあ、知らんわ」とぶっきらぼうに答えた。

「母は、やおきのこと心配じゃないの？」と言われ、「そら、心配や」と答える。やおきが、ほとんどおかずに手をつけず、「母は、ぜんぜん、人の気持ちをわかってない、もっと、心配してほしい」と言ったとたん、私は胸の内で充分心配してるやろと叫び、「そんなもん、わかるか！」とテーブルの上にあったどうでもいい皿を壁に向かって投げつけた。やおきは、だまって立ち上がり、一人で外に出ていってしまった。

電話のベルが鳴り、出ると、実家の母からだった。「いろんな事件があるけど、あの子は大丈夫かいな？」と開口一番に言う。私は「またか……」と思い、「あの子は大丈夫や」と答えた。「親はみんなそう思てるもんや」と言うので、「親が思わんと、誰が思うんよ。あの子は大丈夫や。そんなふうに言うからそんなふうにしかならへんのや」と強く言いながら涙が出てきた。

息子はやさしい子なのだ。

「小さい時からずっとがまんさせてきたから」と何人かの知人に言われた。保育所の時「大人になったら何になりたい？」と聞かれて、「お母さんを喜ばせたい」と言ったという。それぐらいやさしい子なのだ。今、もうひとつの人格が育とうとしてもがいている時なのだ。この世に生まれて、まだ十三年。もし、私の子育てがひどかったというなら、早くにわかってよかったやないかとさえ思う。

ケータイは持って出ていってるだろう。電話すると、「もしもし」と鼻声でやおきが出た。「どこ？」と聞くと、「カラー道路におる」と返ってきた。「はよ、帰ってきてな」と私は言った。マンションの近くに、歩行者と自転車専用の道路があり、そこは、歩行者用がオレンジ、自転車用がブルーに塗られているため、子どもたちはカラー道路と呼んでいる。途中に野良ねこがたくさん棲みついている場所があり、やおきは、幼い頃から昼でも夜でもどうしようもない気持ちになるとそこに行っていた。

三月の半ば、不登校の子どもの親を対象にした教育相談に出かけ、寝屋川の事件の翌日のことを話した。聞いてくれた先生は「そうですか」「そうですか」と深くうなずかれ、「よくあるんですよ」と言った。

「子どもたちはたくさんのことをかかえて、家にいますからね。ささいな言葉が引き金になって、ものを投げて家の中で、暴れてしまい、親がそこにいられなくなって飛び出ざるをえないってことはよくあります。なかには、家を出て車の中で寝たという親御さんもいらっしゃいます」と語る。

私はキョトンとして、「先生、違いますよ。皿を投げたのは私で、家を飛び出したのは、やおきなんです」と言った。私がよほど、一気に話しすぎたのかな……?

七〇代後半の先生は、自身が勘違いしたという照れかくしもあってのことと思うが、「ああ、そうですか。いい子じゃないですか、いい子じゃないですか」と、笑顔でうなづいて、さらに「いい子じゃないですか」と言った。そうだ、いい子だと私も思う。私以外の人からこんなにいい子だと言われて、私は肩の力が抜けていくのを感じた。

そうだ、やおきは確かにいい子なのだ。私は、久しぶりに気分が軽くなり、やっぱり、春はいい、三月はいいと思った。ごほうびに自分専用の花がらのビールグラスを買った。

「これでガブガブやるか」

毎日、かかさずビールを飲んでいるのだが、あらためて、「飲も！」と思う時は、私がとても元気な証拠だ。

祖父にとっての不登校

私は十八歳で大阪に来て以来、ずっと、実家からお米と野菜と送ってもらって生き延びている。

やおきが学校に行かなくなって三か月がたった三月にお米が切れたので、実家へ米を取りに行ってもらうことにした。本人は「いやだ、いやだ」と断るが、姉のさわこはいつも容赦がない。自分の自転車のパンクの修理、荷物の受け取り、何でもやおきに頼む。いやがると「何のために、学校休んでんねん？　時間はいっぱいあるやろ」ととても荒っぽい。〝同じしんどいめをするなら、人の役に立て〟というわけだ。そんな理屈で、やおきはしぶしぶ加古川の実家に足を運んだのだ。

一泊して、翌日の月曜日の夕方、私が学童にいると電話があり、「家のカギを持っていくのを忘れたから、早く帰ってきて。おじいちゃんとおばあちゃんが米と一緒に車で送ってくれた」と言う。ちょっと不吉な予感がして、あわてて帰ってみると、うちのマンションと中学校の間に、見覚えのある実家の車が止まっている。中をのぞくと、やおきと母がだまって座っていた。「じいちゃんは？」と聞くと、「学校に行った」とのこと。「やっぱり……」私があわてて、中学の門をくぐり校舎に入ると、父の大きな声が聞こえてきた。二階の職員室あたりからだ。

父は私が高校時代、大阪の大学に行きたいと言い出した時も、放課後職員室にやってきて、「先生は、女の子が四年制の大学なんか行って幸せになれると思とるんですか？」と廊下にまで響くような大きな声で持論をぶったのだ。翌日、一、二年生の時の担任や、陸上部の顧問の先生が「おやじさんと、もっと話し合ったらどうや？」「おまえは何がしたいんや？」と心配して声をかけてくれた。

父はこの日も、「男の子にとって、一番大事な育ち盛りのこの時期、家の中に引っこんどるようなことでどうするんですか？　親も、先生も、そろって、学校に行けと指導しないなんてどういうことですか！」「男のくせにちょっとしたことを気にして何もできんようでは困る」と一方的に話していた。私は高校の時を思い出し、ここで親子げんかをはじめてもしかたがないと思いながら、聞いていた。うす暗い、中学校の階段を降りながら、父が興奮して、「孫に社会の落伍者が出たら困る」と言うので、私は「じゃあ、孫の縁、切ればいいやろ！」と思わず声を荒げてしまい、だまって車まで歩き父と母を見送った。ちょっとや、そっとのことで涙が出ない人間になったとその時自分のことを思った。

やおきは「二度と、あの家には行かん」と実家のことをさして言っていた。私は、夜の会議の進行をほかの人に頼み、やおきとふたりで、母が持ってきてくれたハンバーグと巻き寿しをパクパク食べ続けた。母が作ったものを食べると、身体があったまり力が湧く。私はやおきにこんな経験をほとんどさせていないのかもしれない。

その頃、やおきが「母が好きそうなテレビ番組をやってるで」とすすめてくれた。山村留学での先生と子どもたちの生活を描いた『みんな、むかしは子供だった』というドラマを、二人で毎週観ていた。ドラマの影響か、やおきは「沖縄の学校に一人で行ってみたい」とも話していた。

夜遅くに、実家から運んでもらった米を米びつに入れた。そろりそろりと米袋を傾け、サーッという音とともに米を移す。その時、やおきが袋を急に傾けたので、サーッという音はとだえ、米が床にこぼれていった。「なにやっとんじゃ！」と私が叫び、やおきが「しるか！」と言う。そこにタイミング悪く、つれあいが帰ってきた。つれあいは「やおきのとってる態度はどうしようもない態度や。山村留学がほんまにしたいなら、中学校に行って闘ってからにしろ。でないと、どこに行っても一緒や！」と怒鳴ってしまった。

やおきは持っていた米袋を床に放り投げて、ベッドがあるまっ暗な部屋に飛び込み、しばらく泣いていた。

やおきの再登校

やおきは、中学一年生の三学期を丸々休んだが、二年生の春には学校に行こうと決めたようだった。私は、春休みに知人の大学生に勉強を教えてほしいと頼んで、週に二度ほど、夜、家に来てもらっていた。始業式の前日は散髪屋に行き、久しぶりに手を通す制服を試着していた。何人かの友だちとメールの交換をして、次の日のことを思って、早くにお風呂に入っていた。緊張して、「心臓が一秒に二回鳴る」と言っていた。

「もっと母に甘えたかったー」と半ばまじめにふざけて、すがりついてきたり、「つらいのに、明るくふるまってる私ってえらい？」とつぶやいたりしていた。テーブルの上には〝いばらのひ、いばらのて、いばらのて、いばらのて、いばらのて……〟と呪文のように落書きがあった。

四月八日、始業式の朝、カレンダーを見ると〝戦〟と書いてあった。「二時間くらいしか寝てない」と、早くに起きて制服を着こんだ。「様子を見る」とベランダに出ると、誰かに向かって「行く」と叫んでいた。

こんなすごい緊張に私なら耐えられないだろうと思った。とはいえ、時を同じくして私も二〇年以上通い続けた学童保育の現場を離れ、これまでとまったく違う、大阪学童保育連絡協議会で働くことになった。ＪＲと地下鉄で通勤する職場に移って、文字通り親子で無我夢中の四月となった。

一週間たった日、「〝今日は、やおきが、学校に行きはじめて丸一週間、無事一週間を終えたやおきはひとまわり成長したようだ〟と日記に書いといてな」と私に言ってきた。いつもやおきはユーモラスだ。仕事に疲れきっている私の気持ちが少し軽くなった。

翌週明け、やおきのひとさし指が化膿して色が変わり二倍ほどの太さにはれているのに気づいた。やおきは小さい時から、ぜんそくと化膿しやすい体質に苦しめられている。体育のバスケットは、見学させてもらうよう連絡帳に書いた。

ため息をつきながら「何かと、スムーズにいかないものだ」と思ってしまう。何事もなく、平穏な日常が過ぎていくことを望んでいる自分がいる。同時に「私は相変わらずだなあ」とも感じる。やおきの指とやおきの心境を思うより先に、自分の生活が思い通りに回っていかないことにイラ立つのか？　そんなふうに考える自分を責めたくなる。

あまりにひどいので翌日は早退して病院に一緒に行くことを約束した。早退して自宅に戻っている時間に電話したがいくらかけても出ない。私の勤める事務所から家までは電車で四〇分くらいかかる。あわてて家に帰ると、制服のままベッドで死んだように眠っていた。指の傷は、自分で針をさして、うみを出しきっていた。幼ない頃から傷が治りにくく、とびひになり、あちこちに水泡ができることが多かった。病院でつぶしてもらってもじっとこらえて、「がまん強い子やなあ」と言われたものだ。そのうち多少のことは、自分で処理するようになっていた。数か月前にピアスの穴も自分で開けている。やおきいわく、「ピアスの穴開けるより、ピアス買いにいく方がこわかった」そうだ。ぐっすり眠っているやおきを置いたまま、私はまた職場に戻った。

三月まで自転車で十分ほどの学童に勤めていた私は、お昼ごはん、夕方のほんの少しの時間に家へ帰って食事のしたくをしていた。だから、やおきが学校に行かずに家にいた時は、一緒にテレビを見ながらお昼ご飯を食べていた。子どもたちが小さい頃から、私は家をあけっぱなしだったけれど、ちょっとのぞきに帰ることで、気持ちが安定していたのだと思う。しかし、四月からは職場が替わって朝出ていったきり、そのまま、夜遅くまで戻らない。「一日中、家に帰らへんのかあ……」と少し、不安がよぎる。やおきが「母は、もう、お昼は帰ってこうへんの？」と聞いてきた。「昼の番組、何か見るものを決めて、ビデオ撮って一緒に見ようや」と私は言った。

家に帰ってこれないことも、やおきと並んでテレビを見ることもできないことも、やおきでなく私がさびしがっているのだ。やおきがもっと小さかった頃は一緒にテレビを見たりしなかったくせに、やおきが不登校だったことで一緒にいる時間を持つことができ、しばらく親子をしていたのだ。

そしてすぐ、「やおきも、もう昼に帰ってきても家にはおらへんで」とケロッとした表情で言った。そうだ、子離れしていないのは私なのだ。さわことやおきを産んで首がまだ座らないうちに保育所に預け、お腹が減ってるだろう時間に、私の乳が張って、痛かったことを思い出した。

五月雨《さみだれ》登校が続く

五月に入ると、私自身が、学童保育の子どもたちと離れてしまったこと、今の仕事をこなしきれないこと、大人だけの人間関係のなかで、自分を表現しきれないことなどに疲れ果てていた。学童保育というキーワードではつながっているものの、毎日、子どもたちと一緒だった現場と事務所での仕事ではまったく違った世界だ。何をやっているのかわからないまま一か月が過ぎた。私自身、転職するという覚悟が足りなかったのかもしれない。

それまでは腹が立ったことや悲しいことがあれば、子どもたちに伝え、一緒に遊んでいるうちに気持ちがまぎれた。うれしいことがあったら、子どもたちに話すと「へぇーっ」と喜んでくれた。困ったことは子どもたちに相談して前に進んできたのだ。今はたった一人ぼっちで異国に来たような気持ちだ。

ゴールデンウィーク前の夜、ビールを飲みながら、「母はしんどいわ……」とボヤいていると、「やおきと一緒やな」とやおきは、私と実家の母のための毛糸のたわしを編みながらつぶやいていた。

また、遅くに帰り台所で放心状態のまま座っていると、やおきは部屋から出てきて「女ですもの、女ですもの〜」と踊りながら歌って、なごませてくれる。自作の歌やコマーシャルソングを歌いながら踊っている姿を見るや、「この子は小さい時から変わらんなあ」と思ってしまう。

時には、私のオレンジ色のパジャマを着て、しなを作って「似合ってる？」と聞いてきたりする。そんなことにも私の気持ちはほぐされる。実際、よく似合っているのだ。

春の遠足が近づき、何人のグループで移動するのか、誰と一緒になるのかと、気にしながらも楽しみにしているようだった。当日は用意したおにぎりを忘れていって腹ペコだったらしい。夜にはぐっすり寝ていた。

五月の終わる頃、毎月、子育て懇談会と称して集まっているお母ちゃんたちに「やおきがときどき学校に行ってない」ことを話すと、あるお母ちゃんが「今の中学校はアカンわ。先生に来てもらお」と言いだした。そして毎月の懇談場所である、たんぽぽ学童保育所の狭い部屋に、中学の教頭先生と生徒指導の先生が来てくれ、十数人のお母ちゃんたちが集まった。

「今の学校の様子はどうなんですか？」と子どもたちを心配する気持ちを、やおきが学校に行かなくなった理由がよくわからないことに重ねて、私が言ったことから話し合いが始まった。中学校は大阪市内でも一、二を競うマンモス校だ。教頭先生も「気になることはたくさんあって、子どもたちとの関係を密にしたいが手が足りない」と率直に話された。保護者のみなさんの力を借りるしかないと、その日の話し合いがきっかけとなって、四日間のオープンスクール、授業参観が実現した。

私もなるべく学校に顔を出し、廊下で遊ぶ子どもたちには、「何してんのよ」と声をかけたことで、私にも新しい中学生の友だちができた。やおきが「今日は○○がやおきのおかん、教室に来んかったなって、気にしてたで」と言ってくれたりした。中学生はかわいい、日常的にこんなふうに交わることができればと思う。廊下で声をかけた女の子たちは、公園で遊んでいても向こうから声をかけてくれる。「すぐに学校に戻るつもりやで」とくったくがない。授業参観で私自身が救われた。

初夏になり、水泳の授業がはじまると、やおきは水着が小さいことを理由に学校を休みだした。

私が家に帰るのはたいてい十時半から十一時だ。帰宅するとやおきは自分の部屋から出てきて、食事する私にいろんなことを話してくれる。担任の先生のこと、小学校時代からの親しい友だちがいじめられたり、からかわれて〝ぱしり〟をさせられていること、体育の時間はなるべく休みたいことなど……。私はビールを飲みながらうなずいて聞いている。

「やっぱり学校はイヤや……」と言う。

「いやなら、いやでもええんとちがう……?」と私が答えると「そんなふうに言えるのは最初だけやろ」と反撃したりもする。

不登校は闘いの日々や

姉のさわこは学校とアルバイトで家にはほとんどいないし、同じく父親も自分一人で経営する事務所を出るのは深夜だ。長い時間、やおきが一人で家にいることは私の気分を重くする。正直、学校に行っていると安心する。

夜の十時過ぎまで職場にいた時、やおきが「水漏れしている!」と私のケータイに電話してきたことがあった。あせって家に帰ると、うそだった。実際に数か月前にやおきが一人で家にいる時、洗面台の下の古い排水管から水が漏れ、階下の家までしたたり落ちたことがあったのだ。

「なんであんなうそ言うん?」と姉のさわこが怒って聞いていた。

「さびしかったから」とささやく声に、私は急につらい思いにかられた。

中間テスト、遠足、授業参観を経て、一学期も後半を迎えた。相変わらず、私も仕事に慣れずくたびれている。六月の日曜日、出張先で食堂に入り、一人ぼんやりとラーメンを食べていると、隣の席に座っている家族の会話が聞こえてきた。

両親、おばあちゃん、中学生と小学校高学年くらいの女の子が二人の、五人で食事している様子だ。おばあちゃんが中学生らしい女の子に「そんな、学校行かんようなことして、親を不安にさせたらあかんのやで」と諭すように話していた。女の子は「不安？　うちが家にいてて誘拐されるわけやないねんから、不安はないやろ」と答える。するとお母さんが「ちょっとでええから、学校に行って」と頼んでいる。女の子は「三分でいい？」と答えた。お父さんは「中学校も行かんかったら、将来の仕事がないぞ」と言う。「学校、行ってても仕事はないよ」と返した。

私は「シビアな外食光景やな」と会話に聞き入ながら、女の子の答えの見事さに、「やっぱり中学生は的を得ているわ」と変に感心して、おかしくなった。自宅に帰ってやおきにその会話を話すと「ふーん、大変やな。うちはそんな親じゃなくてよかったわ」と言いながら、その女の子に声援を送っていた。

やおきは時々休みながら、二年生一学期の修業式を迎えた。「これで、丸一年学校に行ったってことになるかな？」と独り言のように言った。それは一年生の三学期分をこの一学期で埋め合わせしたということか？

そして学期末の懇談会では先生から「伊藤くんはクラスのいやし系ですね」と言われた。夏休みに入ると、さっさと髪を明るい茶色に染めてきた。「これで補習には行けなくなった……」とわざとらしく言う。中学の先生からは「なんや、ハデな頭して」と、道で声をかけられたらしいが「あいつ（先生）はこういうのわかってるから、いいねん」と笑いながらつけ加えていた。やおきのこのような面にあうと私はホッとする。信頼する人がいて、人を信頼する気持ちが育っていることがわかるからだ。

八月になると、例によって自分でさっさと荷造りをして加古川の実家に行った。冬に私の父が中学校に怒鳴りこんでいった時は「二度と行かん！」と怒っていたが、やはり居心地がいいらしい。ときどき私にメールを送ってくれる。

「どれだけ長く生きたか……ではなく、どれだけ込めて生きたか……が大事★何になりたいか……でなく、どうなりたいか……」

「おばあちゃんやおじいちゃんはすぐに〝シャキッとせえ！〟〝大人になり〟と言うけど、そんなかんたんには大きくなられへんし、それは学校に行ってなかった時のことを言われてるみたいでいやです。でもこんなこと、誰にも言えないのでつらいです」

私もお盆にはやおきのいる実家へ行った。年齢の近いいとこや幼いいとこたちとときげんよく遊んでいる姿を見て安心した。やおきは祖母のマッサージをしたり、荷物を持ったりして「ちょっと大人になってきたな」とほめられてもいた。

お盆が終わる頃、母が「たくさんお米や野菜も運びたいから」と私とやおきを大阪まで車で送ってくれた。私は今でも、加古川の山里から大阪へ戻る時はなぜかさびしい気持ちになる。神戸、西宮、尼崎……ときて西淀川に着き、「闘いの場所に戻ってきたなって感じ……」と独り言のように言っていると、やおきが横から「なんでわかるん？」と話しかけてきた。そっかー、私以上にやおきが闘いなのか――。

やおきの寄り道につきあう

二年生の二学期が始まった。始業式に行った夜から「学校はやっぱりイヤや」とボヤいていた。休み明けすぐの行事が水泳大会で、どうしても行きたくないと言って、休んだ。

『母へ……

私は今、新しい楽しいゆかいな友人たちと学校で楽しくすごしています。きのうも先生に頭のことを言われるんでないかびくびくしていました。

そして今日「水泳大会」という、年に一度の一番こわい行事に出合いました。

自分はダメだとわかっていながらも、今日という日を「休み」というモノにしてしまおうと四日前から決めていました。

だからといって今日を「ただの休日」と同じ日にしてしまいたくないという思いから……おくれていた美術のしゅくだいをしようと考えています。

私は表だけの母でなく中身の母へも問いかけているのです。去年の冬をともに闘ってくれた母に!!

母はひと言も私にキツイ言葉をかけず見守ってくれていました。

コレが母の言う『ギリと人情』なのだと、心にしみわたりました。

あの時は……いえ、今も自分の場所はひじょうかいだんかトイレしかなかった私……もう一つその自分の場所を見つけた感じがする今日このごろ……そして自分も強くなった気がして、いえ、前へ進んだ気がして、だから今日はその前へ進んでいく。

ただのほんのちょっぴりのよりみちだと思って下さい。

なっとくいかないかもしれません。いてこましたいかもしれません。

でも……そこをグッとたえてもらいたいと思う今日このごろ……。

私の甘えでもある【より道】にどうかおつきあい下さい。

‥余談‥

あぁきのうのばんひっしで書いてたのはコレかぁ!!と思ったのでは??
このような綾乃小路キミマロっぽい部分もおありですが一応ちゃんとしたおたよりで ɜ(-.-)ɛ 顔文字を使わなかった時点で真剣よ』

帰宅するとやおきの手紙がテーブルの上に置いてあった。

翌日は、遅刻して学校に行くつもりだったけれど「気分的に行けなかった」と話していた。やおきが元気のないのはつらいことだ。新聞に「不登校の子どもの多くが〝気持ちがもつれている〟」という記事が載っていた。誰だってもつれさせたくないと思いながらも、読んで涙が出てきた。

夜中にベランダからやおきが「母、来て」と呼ぶので出てみると、下の駐車場を猫の親子が並んで歩いていた。大きい猫はゆっくりの歩調で、小さい方はちょこちょこと急ぐ足取りで移動していく。しばらく、私たちも裸足のまま、並んで眺めていた。やおきは幼い頃から猫が好きだ。そのやおきがなんで、こんなに苦しまなければいけないのだろう。

その後、二学期は「体操服がない」「遅れて行く」と、たいていは学校を休んでいた。二〜三日に一回は、若い担任の先生から「どうですか?」と私のケータイに連絡がある。「体育祭の練習が続いているから、ゼッケンをつけてあげて持たせてください」と注意事項も添えてある。行く、行かないはやおきが決めることだと思っているものの、やっぱりつらい。
私はPTAの広報係をしている。広報委員会の仕事で、昼休みの中学校に行くと、運動場では体操服の子どもたちが走り回って、喚声をあげている。それがとても輝いて見えて、思わず涙が出てしまう。思春期は光と陰の折り合いがつきにくい時期なのだ。

体育祭の週を迎えると、やおきは美容院を予約して、髪の毛の赤い部分をカットしてきた。予行演習の日は、夜に「今日は学校に行ったから、気楽に母としゃべれる」と言っていた。私は広報係として運動会の写真を撮りに行った。ほかの男の子より、表情が子どもっぽいところはあるけど、むかで競争は、はしゃぎながらいちばん前でリズムをとり、スウェーデンリレーでも一〇〇メートルをおもいっきり駆けぬけ活躍していた。あれがやおきのムリをしている姿とは思えない。保育所の頃から、やおきと仲がよかったとおるがトラックでゴールテープの用意をしながら、「おばちゃん」と、肩をたたいてきた。かっこいい男の子に育っている。保育所時代は男の子が多いクラスで、悪ふざけをすることが多いなかで、「とおるちゃんとやおきちゃんは、一緒になって人をからかったりしない、仲よしの二人だ」と保育士さんに言われたことがある。やおきはこの子と、どこが違ったんだろう？

やおきが学校に行ってたら安心だ。けれど、自分で決めるしかない。

運動会の翌日は登校したが、その次の日は私が帰ると「母、わかっているでしょ？ごめんなさい」と言うので、「さては学校休んだな？」と聞くとだまってうつむいていた。今日は行ったか？　と確かめる余裕も私にはない。「やおきが立ち直ったと思ったら大間違いで、人は時間がかかるもの」と、夜にビールを飲んでいる私の横でやおきは言っていた。とはいえ、やおきは学校に行きたがっている。

友だちに心配をかけたくなくて学校へ行った日もあったが、文化祭、遠足、テストなどイベントがある時は登校した。担任からは「様子を見ます」とたびたび電話をもらった。

十二月末の修業式に行き、「これで明日は久しぶりにゆっくり眠れる」と話すのを聞いて、「毎日、毎日、大変なことやなあ」と私も明日はゆっくり眠れそうな気がした。

お正月におばあちゃんから「学校はどや？」と聞かれ、「う〜ん、成績はみみ（3）とあひる（2）ばっかりやな」と笑いながら答えたようで、「いかにもやおきらしい」と話題になっていた。

三学期の始業式の前日はやはりそわそわして、制服のファッションショーが始まる。セーターのボタンをとめるか、はずしておくかに悩んでいる。例によって「前へすすめー!」と変チクリンな歌をうたいながらである。セーターのボタンの相談にのりながら「やおきって私より大人やなー」と私が言うと「念のため理由を聞かせて」と尋ねてくるので、セーターのボタンのこととかけ合わせて「自分で決めてるから」と答えた。やおきはいつになく納得した表情で私の顔を見ていた。

しかし、その後三学期はテストの日も行かず、ずっと家にいた。友だちとはメールで連絡を取り合っている。保健室登校の友人のことを「あいつは二時間目まで行ってるのに、自分は逃げてばっかり。一度ならずも二度までも」と昨年の冬を思いだしてか、言っていた。

二月十四日、私も家にいる時に、インターホーンが鳴ってやおきが玄関に出ていった。「ありがとう」と言う声が聞こえ、部屋に戻ってきた。女の子がチョコレートを持ってきてくれたのだ。「ひと仕事終えた……」とため息をつく。ずっと学校を休んでいるやおきにとって、これも緊張するのだという。

その頃から父親の本業の収入が激減し、夜の泊まりのアルバイトを始めて、家に帰ってこなくなった。やおきは洗たく物をとり込みたたむこと、お風呂の用意、犬の散歩は自分でやろうと決めたようだ。

学校に行かない朝は悩む

二月末に姉が高校を卒業した。アルバイトをしながら、学費を払って、よく遊び、よく学んだ(?)高校生活だったと思う。ほとんどかまってやれなかったのによく育ったなと、私より十センチほど背の高い娘を見て思う。さわこはその後の進路もタッタと自分で決めて行動していく。やおきはよく姉と自分を比較していたようだ。「母、やおき産まん方がよかった？　さわこだけの方がよかった？」と私に何回聞いたことだろう。

卒業式の日は「さわこが主人公やな」とやおきはちょっとさびしそうに言っていた。
学年末を迎え、担任から「進級審査の会議があるけれど、どうしますか？」と電話があった。授業を受けていないのに、勝手に自動的に修了させられないから、本人と親の考えを確認しているのだという。やおきに聞くと「三年に進みたい」というので、そうしてもらうことにした。

二年生の三学期修業式、その日だけは行くと決めて登校した。安心してか、夜はよくしゃべっていた。学校で「こんな休んだら、次は進めないぞ」と言われたこと、春休みといっても遊ぶ友だちは一人もいないこと、加古川の実家に行った時は近所の人に「学校、行ってないの？」と言われて自分がみじめだったこと、小さい時、父と母がけんかして「やおきはいらない」と言われたことを思い出すなど、声を詰まらせながら話していた。けれど、やおきは一気にしゃべって、少しスッキリした表情をしていた。

私たちがよく夫婦げんかをしていたことが、やおきのなかにずーっと残っているのだ、やっぱり……。

いよいよ三年生になると、進路の関係もあり、「検診の日くらいは、登校するように話してほしい」と担任から毎日のように電話が入るようになり、先生に申し訳ない気もする。

やおきが行こうと思ってるのに行けなかった日は、私もどこかイライラしている。五月の深夜、姉のさわこと私がラーメンを食べていると、やおきがひょっこり寝ていた部屋から出てきた。「早く寝なさい！　だから朝起きられへんねん」と私が言ったことから口げんかになった。私のために敷いてくれたふとんをひっくり返し、「結局、母もふつうの母やったんや！」と叫んで、自分の部屋に入ると戸が開かないように、なかからつっかえ棒をしてしまった。翌朝起こそうと戸を開けようにも開かなかった。

毎朝悩む。トコトン起こすのが親としての役割か？　愛情表現か？　しかし結果はたいてい声だけかけて、私は仕事に出かける。

深夜に私が帰宅すると、テーブルにやおきからの手紙があった。「母……ゴメン。でも、昨夜の母は、知らない母でした」と書いてある。だまって涙ぐんで座っていると、やおきが起きてきた。昨夜と違って怒鳴る気にならない。その日によって態度がコロコロ変わる私は、やおきよりずっと頼りなく、不安定だ。

やおきが私の前に座り、「まわりがいろいろ求めてくるけど、自分はそれにはこたえられない。いっそ、犯罪でもやった方がわかりやすいのではと思うことがある」と苦しい胸の内を語っていた。

迷っていたが、六月の二泊三日の修学旅行は旅行かばんも借りてきて、さっさと準備を整えて参加した。帰ってきて、「初めてしゃべったのにめっちゃ気の合うやつがおった」とうれしそうに話していた。その後彼は、ときどき家にも泊まりに来て、やおきを励ましてくれた。小学校からいつも一緒にいる友だちとも同じクラスで、時には厳しいことも言い合っている。いったい何が原因で、やおきは、学校に行かないのか……？

もう子どもでないと言って、本棚の本を処分し、家具も大型ゴミ回収の予約をして、運び出していた。学校に行かなくなった二年前より、生きる意欲が感じられる。でも、やっぱり学校にはたまにしか行かない。行事とテストの時だけ行くので、〝イベントどろぼう〟と呼ばれていると自分で言っていた。

みんなに支えられてがんばる

学童っ子で中学時代に不登校を経験しているはるなは、「やおきを責めんといてな。やおきの気持ち、めっちゃわかるねん。ゼッタイ、今は自分が死ぬことしか考えてないと思うで」と自分の経験と重ねて話してくれた。

三〇代の知人は、「息子さんが学校に行ってないと聞いたのでどうしても、伊藤さんと話したかったんです」と声をかけてくれた。「二年前まで、生きる自信がなくて、ひきこもっていました」と自分自身のことを話し出した。高校、大学、とエリート校を進み、東京で結婚をして、仕事もバリバリやってたけれど、ある日これは違うと思ったとたん、出勤できなくなったと言う。「思春期の頃から『何か違う』『違うやろ』という感じがしてたけれどごまかしてきました。それがもうきかなくなったたって感じでした。その後、何度か死のうとして、離婚も経て、四〇前になって、人と関係する仕事にあこがれ、短大に行くことに決めたところです。息子さんは、あの頃の私と同じ状態じゃないかと思います」と、地域の子ども参画行事の研究会議のあと、うす暗い電灯の下で一時間以上立ったまま語ってくれた。その時まで私は彼女を〝二〇代後半のかしこい独身女性〟と思って接していた。たぶん私の周囲の人たちも彼女のことをそう見ているだろう。だからわざわざ自分のことを話してくれたのだと思う。

二〇代の学童OBのかおるも「うちが、学校行かなくなったんも中一からや。めっちゃ好きなやつができて、失恋から逃げたってところもあるけどな。とにかく、しんどかったわ。一回、やおきと、飲みにいこうかな」と軽口をたたいてくれた。実際、十三歳のやおき、十九歳のはるな、二一歳かおるとかおるの彼女の四人で映画の『パッチギ』を観て、感動し、深夜まで梅田で遊んで帰ってきた。夜中に、はるなに送り届けてもらったやおきに「どうやった?」と聞くと、「映画めっちゃよかった」とイムジン河を歌い出した。「あいつらヤバいで」と言うので、「なんで?」と聞くと、「だって、十一時閉店やいうてんのに、十分前にまだ五〜六種類注文するんやもん」と話すやおきに余裕を感じた。

そして、私がみんなに支えられていることを実感した。

何人かの人が、「うちの子も五年以上家にいたんよ」とか、「息子は就職してから会社をやめて、十年以上外に出ず家にいた」「形のあるものは片っぱしから壊していくから、新しい食器など買う気もしなかった」と話してくれた。みんな、悪戦苦闘しながら生きているのだ。私はいったい何ができるだろうと考えるが、結局例によって「闘うしかない」と心に決める。

私にはたくさんの友とビールと、いくらでも走れる脚があるんやもん。

前に前に連れていく春

秋口からやおきは喘息の発作がひどくなり、横になると眠れないため、座って眠る日もあった。喘息の健診の時、「吸って」「吐いて」と言われてもうまく反応できず、保育所時代から病院が嫌いだった。けれど今回はそうとうにつらかったのと、進路を決めなければならない真最中だったので、一人で健診に行った。喘息の健診は十年ぶりだろう。

中学校は休みがちなものの、高校へは進学すると決めている様子だ。学校の三者懇談の場で、学区の端にある単位制のクリエイティブスクールと呼ばれる高校に行きたいと、担任に伝えた。

「そこは今の偏差値じゃむずかしいよ。競争率も高いし」と言われ「高校は行きたいけれど、普通科がいい」とやおきは考えていることを先生に話した。

「君は思うことをはっきり言える子だから、面接のあるところがいいね」とアドバイスしてくれた。

いろいろ言いながらも、やおきは単位制の高校に行こうと決めているようだ。二学期の期末テスト前から、本格的に入試勉強を始め、「テストでどんどんわかって、書いていく楽しさがわかった」とうれしそうに話していた。かといって毎日、学校に行くわけではなく、ときどき休みながら二学期を終えた。

お正月、やおきが私の実家に行っている間に届いた、一番はじめの年賀状は修学旅行で親しくなった友だちからだった。「一、二年の時は学校に行かなかったかもしれないけど、これからは来いよ」と小さな文字で書いてある。それを読んで、元旦早々涙があふれてきた。

やおきが希望する高校は、府立高校にしては競争率が高く、一、五倍ほどになるため、「第二志望の私立を受験するように」と担任から忠告されていた。やおきは友だちと一緒に、一番近くにある私立高校へ見学に行き、願書をもらってきた。しかし「私立に合格してもお金が……」とあまり意欲的ではない。そうこうしているうちに願書の締切り日がせまってきた。一月も早々にあった実力テストのあとは、学校に行ってない。私立高校の願書提出締切りの二日前、「どうしたらええのか、わからん」「このごろ、生きている意味を感じられへん」と言う。私は「そんな時もあるよ」と沈んだ顔で答えた。本人が決めるしかないのだ。しかし、私もこんなことで大丈夫なのかと不安になる。言葉少なく、食器洗いをしていると、やおきは通りがかったように装って「な、おばあちゃん、こんな孫に卒業祝いくれると思う？」と聞いてきた。思わず笑ってしまう。こんなところにホッとさせられるのだ。

翌日、担任に電話して「自分には高校に行く資格がないとかなんとか言ってるんです」と伝えると、先生からは「資格がどうのこうのという問題ではなく、今回伊藤くんが願書を提出しなかったら、来年からこの中学と高校の関係が悪くなるんです」と返ってきた。なるほど……先生は子どものタラタラした気持ちにつき合っている余裕がないのだと、納得した。提出締切り日の昼に「どうする？」とやおきに電話すると「自分で考える」と言う。四時ごろもう一度電話すると、「今から友だちと持って行く」とようやく動いた。ほんとにギリギリまでハラハラさせる子どもだ。

念のために受験した私立高校は合格し、中学は休みがちなまま卒業式を迎えた。式が終わって、中学校の前で友だちとふざけ合って写真を撮っている姿は、まわりの男の子のようなたくましさは感じられないが、ずいぶんと学校を休んだ子とは思えなかった。

自宅に戻り「卒業式も終わって、さびしいわ」とアルバムを眺めていた。

卒業式の二日後に府立高校の入試があり、「面接はちょっとしかなかったから、テストだけやったら落ちてるな……」と弱気になっていたものの、無事志望校に合格した。

高校の入学式に出席した。四月とはいえまだ肌寒い。中学校から遠くはなれた高校で、例年は一人か二人しか進学しないが、今年は同じ中学から四人も入学した。

男の子四人で一緒に行く。同じく、母親四人も一緒だ。ほかの子どもは緊張もある分、グラウンドを見に行ったり、まわりの子どもを見ながら目で合図し合ったりしていた。やおきは、中学時代自分の部屋の中で握っていたケータイを今も手に持っている。もっと幼い子どもなら、「今は、ケータイ、かばんになおしとき」と私は言うだろう。今は自分で判断すればいい。

こんな遠い高校で、久しぶりに太陽の下に出たような表情のやおきが、この新しいチェックのパンツ、カラーのYシャツにネクタイをして毎日を過ごすことができるのだろうか。悩みぬいて決めた高校だ。やめたとしても私はまた、一緒に悩むしかないのだ。高校の中庭で、この先この子がつらいことにあうのは、私は耐えられないかもしれない。うまく生きていけるだろうかと、初めて子どもを産んだ時と同じような不安でいっぱいになった。これまで子育てするなかでも何度か出会った気持ちだ。こんなふうな感情になっても、前に前に連れてってくれるのが春だと思う。

第4章
学童保育

学童保育指導員、ドド先生の誕生

学童保育の仕事に携わって三〇年になろうとしている。大学は夜間に入り、アルバイトで学費と生活費を稼いでいた。

大学三回生の終わる頃、私は知人から学童保育の仕事に誘われた。指導員が入院しているため、急いで代わりの指導員を探しているというのだ。子どもとふざけ合うのは私の性に合っているし、大学で学んでいる発達心理学のテーマにも役立つかもしれない、という安易な理由であっさり引き受けた。大学生協のアルバイトより給料は減ってしまうが、大学の授業をサボって家庭教師も続ければなんとかなると思った。

きっと「保育の仕事」となると子どもを世話をするというイメージが強く、何かと大ざっぱな私には向いていないと思っただろうが、「小学生と遊ぶ」といわれたのが、私にぴったりきたのだ。今も変わらないが、小学生は調子ノリ、悪ノリが大好きな「ガキ」のイメージが強い。おだてればいくらでも調子にのってがんばるという私の持ち味にも合う。

ほとんど大学生を中心にした大人たちとの毎日を送っていた私は、指導員になるための面接に行った時、子どもたちがモグモグと口を動かして夕ご飯を食べている姿にびっくりした。子どもはものを食べるのも全身を使っているのだと発見した。学童保育の玄関に、小さい靴がいくつも並んでいるのがとても新鮮だった。子どもの靴はこんなに小さいのだ——。

下手なドッジボールも「じょうずだ」と言ってくれるし、もつれたあやとりがほどけないと「元にもどして」と頼ってくる。こんな私をあてにしてくれることにも驚いた。入院中の指導員が書かれたおたよりを見ると、看護婦のお母さんが仕事中のため、子どもだけで夕ご飯を食べる様子とそれを励ます言葉が書かれてある。こんな小さな子どもたちが夜に、子どもだけで過ごすのかと感心したのと同時に、親の生活まで視野に入れた仕事が私にできるだろうか……？　と気が遠くなる思いがした。

そして私が指導員として働くことになった年の四月、入院中の指導員をはじめ親たちが準備してきた新しい学童が開所した。当時、私が働いていた姫島学童と、姫島駅をはさんで隣の校区の姫里学童が合併して、阪神電車の高架下に建てられた。子どもたちと話し合って、名称は「がんばれクラブ」に決定した。指導員がふた言めには「がんばれ！」と言ったことが反映していると思う。

姫里学童の指導員と一緒に学童保育の仕事が始まった。その指導員は大学のワンダーフォーゲル部の先輩で、五歳年上の男性である。私は子どもを注意するやり方もよくわからない頼りない指導員だった。先輩指導員から子どもの前で「お前が注意せんからやろ！」と指摘されることがしばしばだ。「貫禄ないなあ」と自分でも思いながら、仕事を終えて大学に向かう私を、帰り道の途中で待ち伏せて驚かせる子どもや、私が座るとひざの上や肩に乗ってくる子どもがいとおしく感じた。

無我夢中で子どもの相手をしていた夏を迎える前に、入院中の指導員が亡くなった。その方はまだ三〇代半ば、子どもが三人いる。姫島学童の指導員として、新しい学童を作るため、資金集めや打ち合わせにご尽力されていたと聞いていた。私は生前に二回会っただけである。

「姫島学童の指導員になった後藤（旧姓）です」と私が病室を訪ねた時、ベッドの上から「学童保育の仕事は子どもの生命を預かる仕事だ」と話してくれた。二回目は病院から一時退院して姫島学童に顔を見せにきてくれた時だ。子どもたちは学校から帰ると「今日は前の先生がくる」とはしゃいでいた。指導員の方が部屋にいたのはほんのわずかの時間だったが、子どもたちはその指導員を取り囲んで座った。そして、知ったり顔で「後藤先生やで」と私を紹介した。

子どもたちにとってずっと一緒だった指導員の存在は大きいはずだが、そのことにこだわらず、次に来た新しい指導員を受け入れる力もすごいと、その時に感じた。

私は、お通夜で手を合わせながら「がんばれクラブ」が軌道にのるまでは一生懸命に働くことを誓った。

学童保育には年齢も違ういろんな子どもがいる。そんななかに一年生でダウン症のさっちゃんがいた。まだ言葉が出ないさっちゃんだけど怒っていることや喜んでいるは、私たちにもよくわかる。私が授業参観に行くと、席を立ち上がって大喜びする。

さっちゃんの笑顔は何ものにも代えがたい。六月のある日、例によって、私のひざに乗って、さっちゃんは手遊びをしていた。「かいだんのぼって、こちょこちょ」と、誘ってくれるのだ。そんなさっちゃんと一緒にまわりの女の子たちも喜んでいる。

〝こちょこちょ〟とやると、さっちゃんはキャッキャと全身で喜んだ。すると、横にいた四年生のふみちゃんとさとちゃんが「せんせ、今、さっちゃん、せんせの名前言ったで」と言う。

「ごとうって言ったやん」とはしゃいでいるが、私にはわからない。

「なあ、なあ、さっちゃん。この人だれ？」とふみちゃんは、私を指さしてさっちゃんに尋ねた。

「ドド」とさっちゃんは言う。

ふみちゃんとさとちゃんは「ほら！　ごとうって言ってるやん！」と叫んでいた。何度も何度も子どもたちは「この人だれ？」とさっちゃんに聞いて「ドド」と言わせたあと、自分自身を指さして「これはさと」とか「これはとも」と教えていた。「ごとう先生だけ、さっちゃんにおぼえてもらってええなあ」と言いながら、さっちゃんとの共通語として、私を「ドド」と呼ぶようになった。さっちゃんは「ドド」から学童っ子の名前を言えるようになり、言葉も増えていった。

たった一人の子どもにできたことがうれしくて、みんなの共通の言葉にしてしまう子どもたち。私一人だったら、さっちゃんが私の名前を言ったことに気づけただろうか？　と思う。

それから、私はずっと子どもたちから「ドド」と呼ばれて指導員をしてきた。

〝がんばろうな〟を言わせる子どもたち

電車を降りる。

ＪＲ塚本駅の夜十時半過ぎ。十時半を過ぎるとしんどい、ぼんやり歩く。うしろから誰か呼んでるような……。「ドド」「ドド」あっ、やっぱり呼ばれてる。ふりむくとタクシーの中からよしおが身をのり出して私を呼んでいた。

よしおは二八歳、成人してからも仕事が続かない日々が続いていると聞いていた。ある日、夜の会議が終わって道を歩いているとケータイ電話が鳴った。しばらく連絡がなかったよしおからだ。

「もしもし、元気なん？」

「うん、ドド、オレ、仕事見つかった」と言う。

「そうか、よかったな。」

「タクシーの運転手になった」とよしお。

「そうか……けんかしたらアカンで。耐えろよ。我慢できんようになったら電話ちょうだいや」と一気に私は言った。

そのよしおがタクシー乗り場の車の中から叫んでいたのだ。ずっと染めていた髪も黒に戻し、前髪は眉の上で短くそろえていた。「ここにおったら、ドドが通ると思った」と子どもの頃と変わらない細い目を糸のようにさせて笑っている。

「そうか、がんばろうな。けんかしたらアカンで」と私は言った。

さっきまでのボンヤリして、くたびれた顔をよしおに見られてたことが恥ずかしい。〝がんばろうな〟と言わせてくれる子どもたちがいてよかったと思う。細い目ではにかんでいるよしおに「じゃあな」と手を振って家に帰る。

『おれがやさしくなったということは、しょうたが〝おれのようにやさしくなれ〟といわれたから。まもるやたなかやじゅんが入ったら、しょうたのようにやさしくしたかったから、おれはしょうたのようにやさしく六年になったらしょうたのようにやさしくなった。そのやさしさを中学校にいってもわすれないでがんばりたいです。そしてそのやさしさをこんどの六年にもおしえたいです』

よしおが六年生の時、学童の修了式に書いて、読んだ作文だ。いざ読むときになると、テーブルを立てて並べてあるうしろにかくれて出てこなくなった。「よしお、せっかく書いたんやから読もうや」となだめてやっと、〝蚊の鳴くような声〟で読んだ作文だ。

よしおが年下のたなかや、まもるや、じゅんに仲良くしてやれたのは、中学生になったしょうたが「仲良くしてやれよ」と言ったからだ。しょうたは近くの公園の桜が満開になると、木のてっぺんまで登って、花びらが散るのがうれしくて枝をゆするような男の子だ。ちょっとやそっとの大人の注意なんか聞かない。学童の扇風機が壊れたら「直す」と言ってさっさと分解してしまう。近くの工場の屋根から飛び降りて大ケガをしてもこりない子どもだ。ランドセルも給食袋も、学校からの帰り道にどこかに置いてきたままで、探し回ることもしばしばだった。

大人からみたらゴンタ坊主以外の何ものでもなかったが、年下の子どもたちからすればしょうたは〝こわいけど一緒にいたらおもしろい〟存在だった。

子どもたちには救われる

学童保育は楽しいところだが、実際にやってみると、日中は子どもの相手といろんな行事、夜は親との打ち合わせや会議などで、てんやわんやの毎日だ。

四月からやおきはゼロ歳児として、私が通う学童保育の校区にある公立保育所に入所した。半年前から親たちの自主運営による、産休明け保育所にお世話になっていて、たびたび熱を出すので「集団保育はちょっとむずかしいのでは……」と小児科の先生に言われていた。やおきは寝つきも悪く夜中に起きることが多かったため、私も睡眠不足でふらふらだ。

同じく四月から、一緒に働いている指導員が産休に入っているけれど、その人の代わりの指導員も見つからない。熱を出すやおきを誰かに看てもらうか、学童に私以外にもう一人来てくれる指導員はいないかと、私にとってはぎりぎりのところで毎日がまわっていた。「今、あいてるねん」という人がいたら、やおきを預けられないか？学童に手伝いに来てもらえないか？　とアンテナを張りめぐらし、一日でも手伝ってもらえたらそれでよし、だ。

五月の連休も過ぎる頃、十人近い一年生も学童保育の生活に慣れて悪さもするようになる。私のほうも疲れが出て少し気がゆるんできている。そんなある日、学校から帰ってきて着替える子、宿題をする子、一方的にしゃべってくる子がいる学童保育の部屋。いつものように仕事をしていると道路をはさんだ向かいにある会社の男性がやってきた。その人の顔を見ただけでおよそのことは察しがついた。

「ここの子が会社に石投げてきたんや」と開口一番低い声で言われた。だまって玄関を出て道をへだてた会社に行くとガラスが割れ、オフィスに破片が散っていた。

「さっき、あんたんとこから出てった子らが石投げたんやで。わしが見たら、しまの服着た子が公園に逃げていった」と男性は私に強く言った。会社のガラスは外から見ると黒くて中が見えないが、中に入ってみると、外がくっきり見える作りになっていた。こんなふうになってたんか……と感心している場合ではない。

「すみませんでした」「すみませんでした」と、とにかく謝って学童に戻った。

公園に遊びに行った子どもたちを呼びに行く。「部屋に入って！　話があるから、すぐに部屋に入っておいで」と私は叫んだ。私の声色がいつもと違うのがわかり一年生もだまって部屋に入った。すでに部屋にいた子どもたちも、私が前の会社に行っていることの成りゆきを聞いていたので、神妙な表情だった。

「話がある」と言って、私は子どもたちと一緒に座った。

「前の会社のガラスに石投げた子がおる。誰や？」と聞いた。誰も答えない、だまったままだ。

「前の道路で遊んだらアカン、石は投げたらアカンって決めてることやろ?!」と私は声を荒げた。

学童保育は阪神電車の高架下にある。前の道路は一方通行でときどきしか車が通らない分、運転する方も、まさか高架下から子どもが出てこないだろうと思うような危ない場所だ。すぐ向かいの会社からは「子どもたちが会社の玄関に座っている」「植木の枝を折らないよう注意してほしい」と苦情を言われ続けている。

「あんたらは何のためにおるんや。子どものしつけもせんと。子どもと遊んでばっかりおるのが仕事やないやろ！」と若い指導員の私は何度か怒られている。その分、私たちは子どもが前の道路に出る時は、いつも神経をとがらせていた。

子どもたちが神妙な顔をして座っているところに、六年生のしょうたとこういちが帰ってきた。いつもの学童と違う雰囲気なのは彼らにもすぐわかる。

「どうしたん？」と聞く二人。

「こいつらが、前の会社に石投げよってん」と一年生をさして説明する三年生。犯人探しをしている場合ではない。もう一度しょうたが「誰が投げてん？」と聞くが、誰一人答える子どもはいない。

「あのな、おまえらの誰がやっても、前のおっちゃんから見たらみんな同じなんや。おっちゃんらはいちいちオレらの顔覚えてへんねん。学童の誰かがやったということは、オレらがやったってことや」とこういちが言った。

それはこれまでに私がよく言っていたことだ。

しばらくみんなだまっていたが、しょうたは「オレ、前の会社に行って謝ってくるわ」と立ち上がった。「じゃあオレも行く」とこういちがついて出た。慎重派で理屈屋のこういちと、思ったら手と足が出ているしょうたの二人は正反対の性分だが、落語をやらせれば息もピッタリ、生活のなかでもウマが合うのだ。

私も二人のあとについて出る。しょうたが会社に入り「石投げてすみませんでした」とペコッと頭を下げた。こういちも横で「すいませんでした」と頭を下げている。「会社に石投げたらアカンということくらいわかるやろ。見てみ、おっちゃんら仕事でけへんのやで」と会社のおっちゃんはいさめてくれた。

うしろに立っていた私は涙が出そうになった。子どもたちにはほんとに救われる。壊れたガラス代は四万円。「二度と石は投げない」とかたく約束して「どうやってお金を稼ぐのか？」という話になった。〝おやつを抜き、おやつ代を貯める〟〝アルミ缶を集めて売る〟〝バザーをする〟〝家にある絵本やおもちゃを売る〟〝お菓子を作って売る〟、子どもたちから出た意見は全部やってみようと決めた。

おやつのあとは班ごとに分かれてアルミ缶集め。休日には知り合い宅へクッキーの訪問販売。学童の卒業生の親は小さいクッキーでも千円で買ってくれた。休み中、稼ぎまくったがまだ足りない。「学校はじまったら、また時間ないで」と話し合う。「そうや！」としょうた。秋は祭りの季節だ。「祭りに行きまくってさそりの標本売ったらええやん」という意見で実行に移すことに決定。〝さそりの標本〟とは、以前私が知り合いの小学校の先生が得意気にやっていたものをもらって、喜んでいたネタ。「さそりは死んでも一〇〇年の毒を持つという猛毒を有し……」と書かれた怪しげな文字と、さそりのミイラを印刷した紙を袋状に折りたたみ、おそるおそる開いて見ると、バラバラバラ……という怪しげな乾いた音とともに、何かが飛び出してくるという代物。出てきたものは、ちょっとした細工をした五円玉。それを見てひと安心……なのである。私は「友だちが砂漠に行った時に息も絶え絶えに手に入れて、私にくれたんや」というホラを吹き、子どもたちを「ギャーッ」「キャー」と驚かせて喜んでいたのだ。私はこういうことが大好きで、この瞬間があるから学童はやめられない。

その〝さそりの標本〟をさしてしょうたが売ろうと提案しているのだ。「あれやったら材料費五円ですむで。五〇円で売ろうや」のひと声で千円札を五円玉に両替え。さっそく生産が始まったのだった。近くで催された健康祭りでは、しょうたチームと、こういちチームに分かれて売りまくり。子どもたちが売る時の口上がおもしろくて、五〇円や一〇〇円を寄付してくれる大人もいた。「健康祭りやっちゅうのに、こんなもん心臓に悪いで」と中央舞台の前のおばあちゃんにいさめられもしながら——。

子どもが支える学童保育

「しょうたとおったら、なんかおもしろいことがある」というのが年下の子どもたちの気持ちだった。

そのしょうたが六年生で学童を修了する時に、次は六年生になるよしおたちに「年下のたなかやまもる、じゅんたちにやさしくしろよ」と言ったのだった。

夕方六時、保育所が閉まる頃になっても、学童でのトラブルが続いているような時は、しょうたとこういちが「オレらがお迎えに行ってきたるわ」と、やおきとさわこを保育所から学童に連れてくる日もあった。

しょうたもこういちも兄弟の末っ子で六年生の悪ガキながら、自分たちが過ごした保育所に、ずっと年下の子どもを迎えに行くのが楽しかったようだ。しょうたが迎えに行った時、保育所のわたり板の上ではしゃいで、板が真っ二つに折れてしまった。「大きいお兄ちゃんは、小さい子のおもちゃで遊ばないでね」と何度か注意されていたにもかかわらずだ。こういちが「おい、しょうたやめとけよ」と声をかけたのと同時だった。「お母さん、大きいお兄ちゃん連れて来る時は注意してね」と私も注意を受ける。

小学生は保育所の子たちのなかにいると、いかにも悪ガキだ。けれど、しょうたがいつも学童の年下の子たちに声をかけるより、ずっと優しくふるまっているのが私にはわかるし、そばにいるこういちはそんなしょうたにハラハラしながらも、穏やかな目で眺めている。時には二人して、夕方まで残った数少ない保育所の子どもたちを並んで座らせて、人形劇を上演していることもある。

この年度の指導員体制は安定せず、ほとんど私一人で保育することが多く、六年生のしょうたとこういちには助けられた場面がたくさんあった。私は全面的に頼っていたといっていいくらいだ。学童っ子たちの生活についても「おまえらはどう思う?」とよく二人に相談していた。

「昨日、面接にきた指導員の人も断ってきはった。どうせえっちゅうねんあぁ?!」とこの子たちにボヤくこともしばしばだった。

そんなふうだったから、なおさらこのガラス割り事件の時は「オレらがなんとかせなアカン」と思って謝りに出たのだろう。子どもはいざという時、ほんとうに本領発揮してくれる。

しょうたから言われたとおり、六年生になったよしおは一年生、二年生に自分が捕まえてきた虫をさわらせたり、科学クラブで覚えてきたスライムの作り方を教えたりと、がんばる姿がいっぱいあった。

よしおは人との関係を作るのが苦手で、学校でも隣の席の子にしょっちゅう手や足を出すと注意されていた。

学童の部屋の中で、ゲーム系統の遊びはあまりすることのないよしおが、トランプをしていた時のことだ。何かの原因でけんかになって、よしおはトランプを蹴って散らかし、棚にあった鉄ゴマを近くで笑っていた一年生の女の子に投げつけた。コマが女の子の背中にあたり女の子は泣いている。

「よしお何すんねん！」と怒ると、私のほうに別の鉄ゴマを投げつけ、よけようとした私の足の甲に命中した。

「痛たーっ！」と私が叫ぶとよしおは、裸足のまま外に飛び出した。「よしおー！」と私も足を引きずりながら痛さをこらえて裸足で追いかけた。逃げるよしおを公園で捕まえて、思いっきりバシーンとたたいた。よしおは黙って私の顔を見て立っていた。

よしおは私の顔をじっと見て、細い細い目の端からつーっと涙を流して「ドドも、おとんやおかんと一緒やった」と泣いた。

「ごめん、よしお」

よしおにとって私はよしおをたたいたりしない人だったんだね。「ごめん、よしお」と謝った。この日、私は子どもをぜったいにたたいたらアカンと思った。よしおのお父さんとお母さんは、姉妹にはさまれた三人きょうだいの真ん中のよしおに対して、「なかなか言うことをきかない。外で迷惑をかけることが多い」と厳しくしつけをして手をあげることもある。必死に子育てしてるのだ。

二〇歳くらいになって、よしおが塗装現場へ働きに行っていた頃に、「現場でも、怒ってなぐるヤツ、おんねん。オレ、怒ってなぐってくるヤツ、大嫌いやねん」と私に言ったことがある。

私はドキッだ。「ごめんなー、私よしおが五年の時、ロケット公園まで裸足で追いかけてって、たたいたよなぁ」と言うと、「そんなことあったか？」と言う。私は「よしおが泣いて、私が謝ったんや」と説明した。「そんなん忘れたわ。オレなぁ、なぐられてもしゃあないことしてなぐられたことは全然覚えてないねん」とサラリと言った。

よしおはやさしい、こんなことが普通に言えるだろうかと思ってしまう。

よしおは仕事が安定しない。成人しても私をハラハラさせる子どものひとりだ。

そのよしおがタクシーから声をかけてくれた日はうれしい。ビールを飲みながらやおきに「さっき塚本駅でよしおに会ってん」と話す。

「母なぁ、言うとくけど、やおきは、よしおの顔も知らんねんで。ほんま、よしお、よしお、やねんから」とあきれられる。

子どもは子どもによって変わる

学童で二泊三日、奈良県天川村でのキャンプに行った。お父ちゃんたちがキャンプでバーベキューしようと言って、アホほどたくさんの肉を買ってきていた。案のじょう食べきれず学童保育に持ち帰る。

「よっしゃ、これでキャンプの打ち上げパーティーや」と一瞬で決め、キャンプの翌日の昼ごはんは、お弁当なしで焼肉をすることに決定。

肉だけでは味気ないのでもやしとちっちゃいウィンナーを買い足す。

部屋にホットプレートを並べて、その上で肉をジュージュー焼いた。「キャンプおもしろかったな」と乾杯する。

一年のまさきは肉嫌いでぽっちゃりしたかわいい子だ。「おまえ太ってんのに肉食わへんの？」とほかの子どもから聞かれているがおかまいなし。ひたすらウインナーを口に運んでいる。もぐもぐ食べてる唇が光って、まさきの顔はほんとに幸せそうだ。

「おー、こいつすごいでウィンナー全部食いよった」「全部で六〇本食いよったで」と高学年がはやしたてる。「おまえ、ウィンナーばっかり食わんと、野菜も食えや」と誰も言わないのが、この打ち上げのいいところなのだ。

夕方まさきが持ってきた作文はこれだ。

「ウィンナーうまかった、にくかたかった」である。

まさきはいつも通り、その日の日記の紙を、私のところに持ってきてポイっと投げるように置いていった。毎日字も絵も書かず、ただ線をなぐり書きして終わりなのだ。いつもと同じ気持ちで紙を受けとり、文字と絵が書いてあるのにびっくりした。思わず「まさき、ウィンナーぎょうさん食ったもんな」と私が言うと、まさきがにっこり。「うん、落ちたウィンナーも食ったで」

この日はまさきが初めて日記を書いた日、八月八日だ。子どもはこんなふうにして自分を表現するのだ。そして、ぱっと見てまさきのうれしさがわかる自分がうれしい。私ってすごい指導員やろー、と手ばなしで自画自賛する。誰もほめてはくれないが、この日は夜も私はごきげんだった。

まさきは翌日、これまで加わろうとしなかった大勢で遊ぶ、合戦遊びの〝どっかん〟に入って走り回っていた。

自分が認められた時、子どもは変わるし、仲間としての結びつきが強くなる。

私はこれまで幾度となく経験してきた。まるでできなかったマリつきを、上級者と一緒にやりたい気持ちがあふれ、みんなのなかで数えられながら目標の五百回をつけた時。なかなかできなかったけん玉の技を、おにいちゃん代わりの上級者に見てもらってできた時。はじめておそるおそるチームのリーダーの〝王様〟になって合戦し、まわりの子どもたちに見守られながら、自分のチームが勝った時。本人も私を含めた、ほかの子どもたちも変わる。

家でも、学校でも、学童保育の生活のなかでさえも、〝なんでもできる〟優等生だった子が、ほかの子の持ち物を盗んだことがあった。その時まわりの子どもたちは、「自分だって、古本を盗んだことがある」「学校でみんながからかっている子を自分も一緒にからかってたのに、担任の先生に聞かれた時、自分はやってないと言った」「誰かて、アカン思ってても、してしまう時がある」とその子への共感を口にした。その日から、彼女は優等生の姿だけでなく、悪さもできるし、失敗しそうなことにも挑戦できるようになった。

いつも、きちんとしているはずの一年生が遊びに加わらず公園のはしで座っていた時のことだ。どうやら何かを失敗してしまったらしい。そこへハチャメチャな行動で、一年生から少し怖がられている上級生がそばに行って、「なんや、ウンチもらしたくらいで、こんなとこで泣いとったんかあ」と笑い飛ばした。翌日から一年生の彼は、洋服や身体が汚れる遊びも平気でできるようになった。

そんな瞬間を共有することが私にとってかけがえのないことであり、生きる意欲を湧きあがらせてくれる。できなかったことができるようになること、そのことを一緒に喜べること、うまくいかない自分を出せること、失敗が許されることは、子どもも大人も自然に求めていることだろうから。

居場所のもつちから

三宅さんはシングルマザーで、車イスの秀太と年子の弟、昂太を育てていた。一学期の終わり頃、一年生の秀太を学童クラブに入所させたいと申し出があった。

その件が父母会で話し合われた。指導員の体制は正規職員の私と、アルバイトの二人だけだ。当然、秀太の移動やトイレに指導員の手がとられることになる。「ほかの子どもの保育が手薄にならないか?」という意見が出た。「がんばれクラブ」の床はむき出しのコンクリート状態で、秀太が這って移動するには不衛生ではないかという不安の声も聞かれた。また、秀太のお母さんにとって、高い保育料を払い、設備が整っていない環境で、子どもを育てることに耐えられるだろうかと話す親もいた。

でも私は大歓迎である。学童はいろんな子どもや親がいた方がいいに決まっている。

今、一年生の秀太の面倒を看ているのは近所に住んでいるおばあちゃんだ。おばあちゃんも仕事をしているので、毎日、秀太と過ごすのは無理があるようだ。

「必要とする子どもが入れない学童保育でどうするんですか？　秀太に指導員が付き添わなければならないことも、子どもどうしの関係作りが強くなるきっかけになると思うよ」と私は言った。

きっぷのいいお父さんたちが、汚れた床は張り替えようやとなり、その後、天井や床を張り替える仕事をしているＯＢのお父さんから、材料を調達してもらった。

夏休み前の日曜日、ふだん父母会に来たことがない、しゃべることが苦手なお父さんも総動員して、床を木目調のフローリングに張り替え、車イスの子どもを迎えることになった。

秀太は高学年になって、学童の子どもたちに支えられ、リハビリのために入院することを決めた。その時いただいたお母さんからのお手紙は、私の宝物だ。

がんばれ学童

三宅　美和

『今、私は子育てというか、子どもを見ていて楽しくてたまりません。

お兄ちゃんの秀太は、硬派な男で、弟の昴太は違う惑星から来たようなユーモアあふれる子どもです。でも、毎日の生活は時間に追われ、一日一日、生きていくことが精いっぱいで、時間にも経済的にも余裕なんて、まったくありません。

そんななかで、子どもを愛しく思えるのは学童のおかげなんです。

私は一人っ子で育ちました。まわりは大人ばかり、はめをはずすことなんて許してもらえませんでした。いつもお利口さんでいなくては、いけませんでした。それがしんどいんて、思わなかった。

いい点とるのも当たり前。きちんと、するのも当たり前。習い事でいい賞をとっても、ほめられた記憶はありません。心のなかで、いつもどこかで「ほめてよ、いい子いい子と抱きしめてよ」と思っていたように、今となって思えるのです。

そして、何不自由なく育ちました。

大人になり、結婚し、秀太が生まれることで、仕事を続けるかどうかで、もめました。

結局、大好きな仕事を捨てました。

でも、結果的に秀太が障がいを持っていましたから、仕事どころではありませんでした。

医師から秀太の障がいを宣告された時も一人、泣き明かした時も一人、受け入れられた時も一人。そして、やっぱり、自分さがしをしていました。

自分らしく生きるために（なんやかんや、てんやわんやがありました）、離婚。

でもこれが、よかった！　働かなくては、いけない！　でも障がいがある子、どこで見てくれるの？

最初は、祖母に預けていましたが、アカンのです。なんでも手を出す、おばあちゃん。

宿題も時間割も脚や手や口や、あらゆる五感を使って、必死になって見てくれていましたが、おばあちゃんは、やっぱり、ときどき甘えられるところでいいんです。

学童入りを弟が小学校になるのを機に二人で入ることに。

秀太を迎えることで、床もきれいにしてくれたことは最近知って、感謝の気持ちで胸がいっぱい！

学童での生活から、ドドの話から、そして学童っ子たち、そしてその家族とかかわってきて、いえるのは、一人じゃなかった！　素直に自分らしくあっていいんだ！って。お利口でいようとか、いいお母さんじゃなくていいんだ。

そんなこと、気づく前に一日生きていくのが精いっぱいで、親らしきことはしてあげられていない。

でも、子は育っていました。生きる力が育ち、明るい笑顔があります。

本当に良い所なんです。言葉じゃ言えないんです。態度も悪けりゃ、言葉も悪い、ドロドロになって、帰ってくる姿が、格好いい！　学校で詰め込むだけ、詰め込まれてる。

自分の意見をきちんと説明できず、世界ばっかりを気にしてる偉いさんたち。偉いさんたちは値段みて買い物なんてせえへんのかな？　子ども、子どもと言うわりに、保育所とかの拡大や待機者の割り増しに何してるの？　バリアフリーってどういった意味か言葉はヤスヤス使うけど、車いすは、押しにくいの！　大阪の道は！

と、話はとびましたが、子どもには関係ないじゃない！　いっぱい体動かしたい。その場をつくってあげるのは、大人。そんなしんどいことを一日がんばって過ごすんだから、放課後は身体いっぱい、使って遊んでいいじゃない。

春は桜の花びらを持って帰ってきたり、夏は蝉のヌケガラひろってきたり、秋は学童の運動会に親子して燃えて、リレーの練習したり、冬は焼き芋したとすけて帰ってきたりする子を、私は微笑ましく思います。

子どもの目を輝かせてくれるのが、学童です。

ゲームや高級な遊び道具は、一瞬は輝くでしょうけど、心には残らない。

心にいっぱい、宝物を持つ子でいてほしい。一つの品より、一つの思い出。

私が私らしさと、出会えた学童。

母として、女として、妻として、社会人として、いろんな顔を持つ学童の親たちを見て、話して、また、明日からがんばれるのです。しんどいのは、私だけじゃない。


そして、仕事で「おかえり！」といえない私。

学童の先生は「おかえり！」と言ってくれる、素晴らしさ。

感謝の気持ちでイッパイです。

私一人では、できないことを、まわりのみんなに助けてもらい、励まされて今こうして、子育てでき、明るい貧乏人をやっています。

あと何年いられるのかな？　いえいえ、考えたくないです。

もう一つの家は、ずっとあり続けます。


今日はどんな、楽しかった話をしてくれるのかな？

帰りが待ち遠しいし、帰れば、時間との戦い。また、それを楽しんでるのかな？

はじめに、子育てが楽しいなんていいましたが、違いますね。私は子どもたちに、学童に親育てをしてもらっているんですね。

そして、子どもとともに育ち合いっこしているんです。それが、楽しいのです。


追伸：この場をお借りして、がんばれ学童にかかわるみなさんへ
秀太一家を迎えいれてくださって、ありがとうございました。

あの子の一大決心で、今入院していますが、三月二五日をもって、退園が決まりました。

決心をしたものの、心揺れる時がありました。

でも、彼は貫きました。そして私に言いました。

俺には、家族がある！　学童がある！　みんなが俺を待っている。俺はがんばれの秀太や！

みなさんに感謝いたします。（こんなもんじゃないくらいの感謝。表現できない！）

これからも、どうぞ、よろしくお願いいたします。

三月　春香る日』

学童のお母さんが、私の言いたいことを書いてくれている。人はいくつになっても人との交わりのなかで変わるのだということを。

私が働く「がんばれクラブ」の学区の端を川幅が一キロもある淀川がゆったりと流れている。小学校では「危険であるため、堤防への立ち入り禁止」とされているが、大人同伴であれば許される。堤防ではカニやしじみとり、バッタとり、高学年はすばしっこい小エビをつかまえて遊ぶ。水と草があって小学生とは相性のいい場所だ。私はよく子どもたちと淀川に行った。

堤防から五キロほど下れば、海に出る。数か月に一度は、みんなで海岸まで歩いていった。逆に川を上れば、一〇〇キロほどで琵琶湖にたどりつく。高学年の子どもたちと堤防を自転車に乗って琵琶湖まで行ったこともある。

淀川の向こう岸には、大阪駅前の高層ビルが建ち並び、海岸近くにはＵＳＪ（ユニバーサルスタジオジャパン）と娘があこがれて就職したホテルがある。ときどき、高架の鉄橋を阪神電車が音をたてて通る。子どもたちの住む町の景色はどんどん変わるが、淀川はずっと流れているだろう。子どもたちが大きくなっても淀川を思い出したら、ほっとできる、そんな光景として心に刻まれるといい。

そして西淀川区は公害や大気汚染で有名な町である。やおきもそうだが、今も喘息の子どもは多い。けれど、彼らはここに根をはって生きている。私は成人しても、生まれた村にあった竹やぶや緑の水田を思えば気持ちがやわらぐように、この子たちも淀川の風景を胸に置いてくれたらと思う。

子どもでも大人でも生きていくのにはその人の居場所がいる。いうまでもなく、ありのままの姿を出せる場であるというのだろうが、もうひとついえば、がんばって一歩進むことを支えてくれる人がいることや、時にはぶつかりながらも自身の意見を言えること（だまっていることも含めて）ができる場が必要だと思う。私もそんな場があってがんばれている。淀川の堤防を走るたび、自分のペースでのんびり走りながら、ここで生きていることを実感する。

食べることと交わることで人は生命を維持していくのだ。そう思って私はこうして学童保育の仕事をしている。

新しい自分と出会うために息子とともに歩く

二〇〇四年十二月九日、私の四三歳の誕生日は、朝にやおきの担任の先生と電話で話し、なぜやおきが学校に行かないのか、ますます悶々となる日だった。その日の夜、予定していた学童保育指導員講座が講師の都合で中止になり、急きょ、私の四三歳のお祝いに「話したいこともあるので、一杯行こう」と大阪学童保育協議会のメンバーから誘われた。何人かで行った居酒屋での話というのは、来春から大阪学童保育協議会の専従事務局長として働いてほしい、ということだった。

私は信頼している人から、まっすぐに頼まれると、人生の正念場ととらえ、まじめに考える。大阪市連協の播野さんと大阪府連協の前田さんには、仕事を続けるうえでどうしようもない時、やめたいと思った時、考えに考えぬいた結果を言葉にして、相談にのってもらっていた。個人的なことも、学童保育の実践にかかわる細かいこと、あるいは社会的なことなど、貴重なアドバイスをもらってきた。

学童保育について、何の知識も技術も持たない私が、納得のいく仕事をしてこれたのは、大阪市学童保育連絡協議会、大阪府学童保育連絡協議会があったからだ。

私は西淀川区の学童保育「がんばれクラブ」の子どもたちと生きているし、その子と親たちとは「一緒に子育てしていこう」が口ぐせだ。今の生活からすれば、とてもありえない話なのだ。

居酒屋をみんなより先に出て、私はぐるぐる同じことを考えていた。

「私に今できることは何か？」

二一歳から、「がんばれクラブ」の指導員として働き、子どもたちのこと、親たちのこと、やれそうなこと、やろうと思うことを精いっぱいしてきた。しんどいことは山ほどあるけれど、やっただけのことが積み重なってきている実感はある。西淀川で学童保育の指導員として生きながら、やれそうなこと、したいことが、まだ山積みだ。

何度か学童保育をやめようと思ったけれど、子どもの親たちに「伊藤先生がやめるなら、自分たちも学童保育にかかわる気持ちになれない。いてほしい！」と率直に言われて、「今、私がこんなに請われて自分の力を発揮できる場があるだろうか」と自分に問い直し、続ける決意をしてきた。

また、現状の学童保育より労働条件もよく、私の性に合うだろうということで、ほかの職場に移ってみたらどうかと声をかけられ、迷ったこともある。けれど、目の前にいる学童保育の子どもたちの顔を見ると、この子どもたちには私が要ると思って、「がんばれクラブ」をやめることはできなかった。

その度に「やっぱり私はこの子たちと生きていきたかったんや」という安堵感が自分の気持ちに広がった。

しかし、今、学童保育連絡協議会に移るということは、あまりにも突然だったけれど、今の「がんばれクラブ」の子どもたちなら、ほかの指導員とでも力を発揮できるだろうとも思った。

大阪市の学童保育は市からのわずかな補助金と保護者がお金を出し合って運営している。指導者も保護者もやりがいを感じ、大きな喜びがあるけれど、その分苦労も多い。特に経済的な負担が大きい。大阪市の保育料は大阪府下のほかの市より二〜三倍ぐらい高い。それでも足りず、休日を使っての事業活動を繰り返してやっと運営が成り立つ状態だ。それなりの賃金を必要とする私が指導員でいるかぎり、運営は厳しいし、後継者が育たないというジレンマをここ数年感じていた。

まだまだ、制度が不十分な学童保育にとって、ゆるやかにつながりあって情報を交換し合う連絡協議会の存在はなくてはならないものであると、私もよく知っている。

学童保育の指導員として働き、学童保育で我が子も育った。学童保育は陽気な子どもたちを中心に、大人たちも次々といろんなことに挑戦していくことができる場所なのだ。そこで得た財産を連絡協議会の仕事に生かしていけばいいと思った。

いつか「がんばれクラブ」の現場を離れなければならないだろうと考えていたが、予期せぬ時期に突然すぎるけれど、「四〇代は世のため、人のため、何より自分のために生きる年代」と自分を納得させ、気持ちは動いていた。

そしてこの時期、学校を休んでいるやおきは新しい自分に出会うために、苦しんでいる。次に進む苦しみの真っ最中なのだ。私に今できることは、新しい自分自身に出会うための闘いをやおきとともにすることではないかと思った。

そのことだけの思いを抱いて、私は「がんばれクラブ」を離れる決心をした。

生みの苦しみをやおきとともに味合おうと決めて――。

そう決めてから離れるまで三か月余しかない。子どもたちにとっても学年末の三学期はいつでもあっという間に過ぎる。子どもたちの気持ちは次の春に向かってぐんぐん広がっている。私はこれまで二二年間の写真をアルバムに残すことだけを決め、三学期の行事である、駅伝大会、スキー合宿、入所式のためのよさこいソーランの練習を子どもたちと楽しんで、仕事納めにした。

三月、最後の日曜日に新一年生を迎え、六年生を送る入卒所式があり、その日で私の仕事も終わりだ。

子どもの親たちに「唯一、泣く場面はイヤやで」とお願いしていた。別れることのつらさをかみしめて泣いてしまったら、当分立てなくなるだろう。私は幼い頃からそうだ。泣き虫で、泣いてしまうと長い。だから、力を入れようと思う時は泣いたらアカンと決めている。

そして二〇〇五年四月、大阪学童保育協議会の仕事に就いた私は、アイデンティティの喪失の危機に陥って予想以上に苦しく、以前にも増して自分のことに精いっぱいの生活になった。

やおきと一緒に闘おうと決心した勇ましい私はどこにいったのだ。

あの時から五年、いく分か仕事には慣れたものの、相変わらずの私自身を見ておかしくなる。

それぞれのたびだち

今もときどき「がんばれクラブ」の子どもたちの夢をみる。久しぶりに会って「いつの間にこんなに大きくなったん？」と子どもたちに聞いているのだ。「ドド、どっか行ったもん」と言われて目が覚めると、そうだもう私は離れているのだと気づく。それでも連絡協議会の仕事がけっこう多忙なことで救われているのだ。思い返す時間もなくここまできている。

私が指導員の頃、学童の子どもで、私を一人前の指導員にしてくれた、はるなが今「がんばれクラブ」で指導員をしている。子どもには子どもの言い分があること、子どもにつき合うことのおもしろさを、はるなは教えてくれた。はるなはときどき仕事がうまくいかずに泣いて、私のケータイに電話をしてくる。いつもこみいった具体的な内容の話になるので、私は時間を限って話している。しゃべりだすとキリがないからだ。

おもいきって春休みをとり、一日中家にいた時のことだ。ケータイ電話を見ると、知らない番号からの着信履歴が続いている。電話をかけ直してみると「ゆうとや〜」と久しぶりの声。「あっ！　ゆうとか」と私が言うと「高校、合格したで」と教えてくれた。そうだ、今日は府立高校の合格発表なのだ。「よかったなー」と言うと「うん、それだけのことやけど、りょうにドドの電話番号を聞いて電話した」と話してくれた。

ゆうとのお父さんはゆうとが三歳の時に蒸発してしまい、お母さんはゆうとの兄と二人を「がんばれクラブ」の仲間と一緒に育ててきたのだ。ゆうとに会ったのは昨年、親子三人で引っ越すのを見送ったのが最後だ。

「そうか、よかったな、ありがとう」と何度も電話口で言った。

夕方になるとやおきが「ただいまー」と帰ってきた。「母、やったで！」と車の運転免許証を見せてくれた。今日、合格したのだ。

「明日、おばあちゃんの家に行って、あっとびっくりさせたるねん」と喜んでいる。

春はやっぱりいいなと思う。

第5章
ともに歩む

一生懸命生きる人の力になりたい

何かをしたくて、私は大学に行くことを決めた。

あまりにも自分が何も知らないことをよく知っていたからだ。高校二年生の時、倫理社会の授業が楽しみでならなかった。こんなに自分で考えたらええ勉強もあるんや、と初めて知ったのだ。それまで、私にとって勉強とは「教えられたことを覚えるもの」としか思っていなかった。そこで〝葛藤〟〝搾取〟といった言葉に出会った。その時、もっともっと学んでみたいと思った。人のこと、自分のことを知りたいから大学では心理学を学ぶと、その時に決めた。

小学校を卒業する時も、中学時代も、私は将来の夢は何かと聞かれても、答えることができずに困った。たいていまわりの友だちは〝先生〟〝保育所の先生〟〝画家〟〝看護婦さん〟〝ＯＬ〟または〝結婚する〟と言ってたが、私にはそんな言葉が出てこなかった。小学校卒業の時〝将来の夢〟という作文が課題として出され、どう書いたらいいものか……と悩んだことを思い出す。「自分はどんな人になりたいか？」とぐるぐる頭のなかでその言葉をめぐらした。私が生きるうえで大事なことは、やっぱり人だ、人間だと思った。図書室にある伝記を読むのが好きだったこともある。キュリー婦人や、ナイチンゲール、野口英世……それから大事なものはやっぱり家族で、おじいちゃんやおばあちゃんだ。そんな人がいるから私は生きているのだと思った。〝ひとの心に棲むようなひとになりたい〟とその時決めたのだ。小学校六年生の時のことだった。

高校生になって、卒業後の生き方を考える時、もう一度同じテーマが胸いっぱいに広がってきた。

中学卒業の頃はさっさと働きたいと短絡的に考え、「商業高校に行く」と言い出したこともあった。「先々、気持ちが変わるかもしれんから普通科に行っとけ」と先生に助言され、かんたんに〝そんなもんかな……〟と普通科に変更した。がんばって勉強して行くわけでなく、行けるところに行ったらええという具合に。

家から少しはなれた県道をまっすぐまっすぐ海の方に行ったら着く、高砂高校がええわ、と思った。制服も中学時代とまったく同じ三本ラインのセーラー服やし……。三者懇談で担任の先生に言うと「高砂やったら必ず行けるわ」と軽く返ってきた。夜、受験生だというのに、のんびりテレビの前に座っている私を母が見て「高砂やったら行けるいうて先生が言うたからって、そんなのん気にしてててええのかいな？」と言うのを聞いて「お母さんはもうちょっと勉強してもうひとつ上のランクの高校に行ってほしかったのか？　まぁ私は負けん気というもんがないからなぁ」と思ったのをはっきり思い出す。

家族があきれるほど、のん気に過ごした分、高校に入学した時はやりたいことをやろうと決めていた。

中学時代は「みんなが入るから私も」と思って、卓球部に入部した。陸上部は走るのが速い子が入部するところと思っていた。卓球部の練習場所である体育館は、少し小高いところにあって、運動場を見ると、くる日もくる日も陸上部の子が走っている。友だちは「あの子ら、何がおもしろうて毎日走ってんねやろな」とあきれていたが、私はそれを聞くたび「ええなぁ」と思って眺めてたのだ。

だから、高校に入学したらすぐに陸上部に入ろうと思った。ずーっと走っときたいからだ。

私は、幼稚園の時にひょんなことから朝日新聞の配達をやりはじめて、小学校卒業まで続けていた。村では、神戸新聞を読む家がほとんどで、朝日新聞を読む家は広く点在していた。あぜ道を走って、やっと一軒、また走って一軒という具合だったが、私の性に合っていたようだ。中学校に入学してその走る時間を失ったことがしんどかったのだ。

ズバぬけて速い選手でなかったけど、期待通り、陸上部の練習は楽しかった。「おまえは走るためだけに学校に来とるんか」と先生に何度も注意されるくらい、朝は遅刻、興味のない授業はぐっすり眠っている高校生活だった。

そういう自分中心のゆったりした中学、高校時代が私の小学校の時に思った〝ひとの心に棲みたい〟という将来を熟成してくれたように思う。高校二年生の授業の倫理社会で、葛藤という言葉に出会い、人は葛藤しながら成長していくのだ、とストンと腹に落ちた。搾取という言葉に出会い、搾取されているのは、江戸時代の農民だけでなく、今の時代もそうに違いない、と思った。

そのころの初夏、朝から晩まで働いていた祖父が「しんどい」と言ってごはんのあと、食卓の前に座ったままでいる日が続いた。医者には行かない人だったので、父が無理やりに病院へ連れていくと、末期の肝臓がんだった。祖父は半年後の冬に死んでしまった。

同じ冬、「お腹がイタイイタイ」と言っていた親友のきく子が、病院に行くと卵巣と子宮にがんがあることが見つかり、半年後の高校三年生の初夏に逝ってしまった。

きく子はブラスバンド部、私は陸上部で、彼女の練習するトロンボーンの音をバックミュージックに思いっきり走るのが好きだった。

めちゃくちゃ大事な人がいなくなっても自分は生きている。何のために？　とにかく、一生懸命生きよう、一生懸命に生きる人の力になろう。それだけ思って、人を深く知ることができる心理学を学ぶことを選んだ。

「女が大学なんか行ったら結婚できんようになる」と父は反対したが、私は自分はどう生きるのかしか考えてなかった。関西大学夜間部なら親に仕送りをしてもらわなくても、自分で生きていける。

大阪に出発する日、両親はいつものように仕事に出かけ、いつも一緒だった妹が加古川駅まで見送りに来てくれた。

手を振ったあと、電車で一人になってから大阪に着くまで私はずっと泣いていた。ボックス席の斜め前に腰かけている若い男の人が、チョコレートを食べながら心配そうにチラチラと私を見ていた。初めて四畳半一間の下宿に着くと、さびしすぎて泣いているうちに寝てしまった。夕方、目が覚めても部屋は冷蔵庫の音がするだけで誰もいない。さびしすぎて泣いているうちにまた眠ってしまった。

二〇代の頃は、しんどいことがあるとたいていあの日のことを思い出して、「自分が選んだ道やろ」と気持ちをシャキッとさせ前に進めた。

自分の決めたことをするのが一番ええ

私が四年制の大学に行くと言った時、父は猛反対した。女性は高校か、せめて行くとしても短大に進み、社会に出て、二三歳までに結婚して家庭を持つことが幸せなのだというのが持論だったからだ。しかも、私の妹は幼い頃から学校の成績が優秀で、私は〝中〟か〝中の上〟の評価。さほど勉強が好きだという性格でなかったから、父からすれば、「こいつはいったい何を言い出したんだ？」という気持ちもあっただろう。一「大学に行って心理学を勉強する」と決めたことを、私は誰にも相談しなかった。一人で考え一人で決めた。

私の育った小さな村では、女性が結婚しないで家を出るというのは特異なことでもある。女性の一人暮らしなんてものは〝もってのほか〟なのだ。だから父は、「女が大学行ってどないすんねん？」しか言わなかった。

父は高校の職員室でも、担任の先生にその持論を大きな声で話した。私は父が担任の先生から別の価値を聞いて、少し揺らいでくれれば……と思いもしたが、そんな様子はまったくなかった。父が学校に行った翌朝、表情もなく私が靴のひもを結んでいると、母がやってきて「私は、あんたが大学に行きたかったら行ったらええと思っとるで」と言って、そのままバイクに乗って仕事に出ていった。私はちょっと涙が出そうになった。

母は働き者だ。保育所の調理師をしている。その前は老人ホームの調理師だった。調理師の免許をとったのは、私が小学校の高学年になってからだ。それまでは、近所のろうそく屋さんの手伝いに行ったり、納屋に機械を置いて靴下の先を縫い付ける内職をしていた。そのほかにも　田畑の仕事が山ほどある。

私の学校で使う座布団には、白のカバーがかけてあり、はしっこの方に花の刺繍がしてあった。マフラー、手袋、帽子、ベスト、すべて母の手作りだ。

私たちは毎朝、母が家中のふきそうじをする音で目が覚めていた。〝戸のさん〟をふく音が激しい日は母が疲れて、気が立っている日だ。私の知っている母はいつも働いていた。母いわく、自分の母親の寝ているところは見たことがない、「母親ってそんなもんや」ということだ。私が社会的にほとんど知られていない学童保育の指導員をしながら我が子を育てると母に伝え、さわこを産んで二か月ほどで共同運営の保育所に預けた時、「そんなかわいそうなこと……」と母は言った。

私が決めているとわかると「うちらも、あんたをあぜに寝かせて仕事しとったもんなぁ。子を大きくするてそんなもんや」と応援してくれた。同時にさっさと車の運転免許をとって、一〇〇キロほどの道を走ってさわこを預かりに来てくれる準備をしていた。寸前まで、「金もないし、加古川に来て住んだらどうや?」と言ってた母だったが――。

「やおきは、同じ男の子が好きな男の子らしいわ。それで中学校から苦しんでたんやて」と言うと、母は「へえー。そんなことかいな」と言っていた。母はたいてい私たちが選んだ生き方の応援をしてくれるのだ。

私の妹の子どもも、弟の子どもも女の子だ。やおきは自分のことを「おばあちゃんのたったひとりの男の孫やのに……」と言うことがある。時間があると、おばあちゃんの家に行って泊まっている。

母の口癖は〝自分の決めたことをするのが一番ええ〟だ。

子どもが親の背中を押す

つれあいから入るはずのお金が入らない日に、私はいらいらして、すぐ態度が変わる。

以前に読んだ文章に、「貧乏だったが、母が給料日ごとに〝これで定期預金をくずさずにすむ〟と言ってた。あとになって預金などまったくなかったことがわかったが、あの母の言葉が、自分のなかに安心感を育てた」とあったのが忘れられない。

私は、そんなふうにできないからだ。なぜすぐにパーンと表情や態度に出てしまうのか？　怒ったとて、状況が変わるわけでもないのに。

がまんしていても、私は洗面所の鏡に自分の顔が映ると、みじめさや腹立たしさが湧いてくる。そんな時やおきは、オリジナルの曲「母は泣いているの？　悲しくて？」と歌いながらやってくる。

「私の人生、何やったんやろ？」と言うと、「やおきがおるやん」と歌いだす。

こんな私や家族の相手をしているのだから、やおきも自分を確かめるのに苦労するのはごくあたりまえのことなのだ。

たまに私がきげんよく、さっさとおかずを作りながら「今日の私は余裕があるで」と言うと、「いわんでもわかっとる。いつもどなられてる者がいちばんわかってることや」と即、返してくる。

しゃべるのが好きな子でよかった。それで私は救われている。

「母が若々しいのはやおきのおかげ？」と聞いてくる。ほんとうにそうだと思う。この子らの〝本気〟に支えられて、私も本気で生きようと思うのだ。

子どもには子どもの生き方がある

娘のさわこはホテルの専門学校に進み、ホテルに就職すると決めていた。私もさわこもファンタジーの世界が好きだ。友だちに安いチケットを取ってもらって、幼いさわこともっと幼いやおきを連れて、ディズニーランドに行くのが好きだった。

我が家の近くを流れる淀川の向こう岸に、ＵＳＪがある。さわこはＵＳＪのホテルで働くのだと決めていた。

若干名の採用のところ、二〇〇人を超える人が入社試験を受けるらしい、ＵＳＪ日航ホテルの試験を受けた。「練習になっていいのだ」と言っていたのが、一次、二次と合格し、あれよあれよと入社が決まってしまった。さっそく夏からホテルに勤める生活がはじまり、毎日身体も気持ちもクタクタで、やおきに「背中を押せ」「足の裏を踏め」と大騒ぎをしていた。そんなある日、洗面台に向かっているうしろにさわこがやってきて、「母、喜んで！　日航ホテルと飛行機は家族も半額やで」と言った。

私は「ほんまかいな」とひと言つぶやいただけだったが、「ああ、うちもにも普通の幸せがきたんや――」とふと安堵感がよぎった。

夫の自営業は、不景気で仕事が減ったどころか、保証人になって人の借金までかぶっている経済生活。私も、学童保育の仕事はしているけど、収入はいつもカツカツ……。〝もれなく、ついてくるおまけ〟というものに、縁がなかったのだ。その安堵感に、私は知らず知らずのうち、〝普通の生き方〟とか〝保障〟にこんなにもあこがれていたのかとびっくりした。

さわこが日航ホテルで働き、ようやく慣れてきて「毎日働いてたら、いい人もおるわ」と、仕事での楽しいことも見えてきた頃、USJの日航ホテルは経営会社が変わり、さわこの勤め先は大阪のビジネス街である、心斎橋の日航ホテルに移ることになった。「私は普通のホテルにいきたいのと違う。楽しむために泊まる人と会うホテルで、仕事がしたいんや。だからUSJか沖縄と決めている」と言う。すなわち、心斎橋の日航ホテルで仕事をするのを辞める、ということらしい。

私は「まあ、よう考えてから決めたらいい」と言った。翌日の夕方、私がJRで京都の会議に向かっていると、ケータイが鳴った。さわこからだ。満員電車の中で「もしもし……」と低い声で出ると、「心斎橋日航ホテルの内定取り消したから」と話す。

私は思わず、「そんなことしたら、一生、闘いやぞ！」と叫んだ。そして、そのまま電話は切れた。

私は、いつも子どもたちに「人生は闘いや」と言ってきたのだ。さわこが大きな会社に就職したことで、お金の心配をするような生活はまぬがれるだろうし、がんばったら、働きながらの子育てだってできるだろう、と思った。私は〝安定していること〟〝保証があること〟〝普通であること〟をいつのまにか子どもに望んでいた。娘は、若い頃の私と同じなのだ。のちのちのことを考えると、こっちを選んだ方がいいだろう、といった選択肢は彼女のなかにはない。

私はいつから、こんなに歳をとったのだろうと思った。

その夜遅く家に帰ると、心斎橋日航ホテルから、金色の枠つきの採用通知が、封もあけられず靴箱の上に置いてあった。

やおきが出てきて「さわこ、泣いてたで」と言う。採用を取り消したことを父、おばちゃん（さわこは私の妹からホテルの専門学校に行くためのお金を私に言わずに借りた）、おばあちゃんの順に話し、一番最後に一番言いやすい母に言ったのだそうだ。けれど母が一番怒っていたので泣いていたと話してくれた。いつからこんなに守りに入る生き方に変わったのだろうか？　何を守っているのか？　と思うと、涙が出そうになった。

生きていくには覚悟がいる、学習もいる

この秋、私は何をしても憂うつでたまらなかった。保育制度改悪を許さない署名の推進委員会を進め終えたあと、十キロほどある家までの道を自転車のペダルを踏みながら、ふいに涙が出てきた。

しんどくて。しんどくて。

だけど、いったい何がそんなにしんどいのか？　と思う。行事が多すぎて責任が重すぎるから？　自由時間がないから？　自由になるお金がないから？

格別の秋の夜風に吹かれながら、自転車で家に帰る。さっきまでの会議は、これまでよく知らなかった、大阪の保育所の先生たちと、この秋、保育制度を守るためにがんばろうと意見を言い合ったのではなかったか。質の高い目標を一致させたのではないか。本当なら、今この時は、私が最もうれしく思う瞬間であるはずなのだ。

今の私はどんなことも被害者意識をもって受けとめている。「しんどい」としか思わないようになっていると気がついた。親の反対を押し切って、大阪に飛び出してきた頃の初心に帰る元気もない。そのことがつらくて、大好きな自転車に乗っていなが

ら涙が流れるのだと。これからまだ四〇年、五〇年、生きていこうと思うなら、ものごとの受けとめ方を変えるべきだと思った。今の私は、これまでと同じやり方をしていたら、下がっていくことしかみえない。更年期なのだ。生きていくなら覚悟がいる、学習もいる。更年期についての本を何冊か読んでみる。

私の好きなことは、ひとの話を聞くこと、自分のことを話すこと、自分の世界にひたること。今の私はどちらかといえば、ひとの話を聞くより、自分以外のことを話すことがせまられる場面が多い。ひとと交わることを大切にしたくて、学童保育での仕事を続けているのだ。今からは、話さなければならないと思うより、聞くこと、耳を傾けることに重点をおいて仕事をしようと思う。

自分の世界にひたることとは、大切なものを並べたり、眺めたりすること。今、確保できているのは、片道一時間の自転車通勤と、せっせせっせと、走っている時間くらいのものだ。

自分に誠実に生きよう。さばさばと——。

髪を切りに行ったら、「いいんですか?」と何年も私のカットをしてくれる美容師さんが、念を押してくれた。夏に短くしてほしいと言った時は「じゃあ、これくらいにしときましょう」と、あごの下くらいで止めてくれた。今回は、もっと短くしたい。

少なくとも、ほほの横の髪はなくしたい。

隣の席の女の子が「失恋したんで切りたいんです」と話している。「ええ？　ほんとうですか？」と聞き返され、「ほんとですよ」「いつ別れたの？」「三日前」「それって、別れたんじゃなくて、けんかって言わないの？」と会話が続いている。私も「失恋したんです」くらい言って、生まれ変わりたいけど、そんなひと言で通用しそうもないのが私の年頃だ……。

「とにかく、この辺りの髪を切ってさっぱりしたいねん」とほほのあたりをさした。「なんとなく、伊藤さんの言うことがわかりました」と色白、髪も薄め、血圧も低め、たぶん、私と体質の似ているであろう美容師さんが、サクサクとハサミを入れていった。ハサミを動かしながら、ただ黙って髪を切り進めてくれる美容師さんを、ときどき、鏡で眺めながら、仕事人の潔さを感じる。私にはまずできないことだ。と同時に、やおきなら向いているかも……とも思う。力が強く、私より手先は器用だし、人とのコミュニケーションの取り方がずっとやさしい。

そんなことを思いながら、自分の世界にひたっていると、髪は切りあがった。「どうですか？」美容師さんは鏡を当てて、うしろ姿も見せてくれる。私はぐるりと眺めて、自分の髪の毛をさわってみて、「ありがとう、バッチリや」と答えた。首が見えるほど短くしたのは、二〇年ぶり以上だろう。

挑む楽しさがあるうちは、まだいける

私が髪を短くした直後、やおきがアルバイトの面接のために住民票をもらってきてほしいという。「自分で取ってこい」と言いたいところだが、梅田の市民サービスセンターを通った時にもらってやるか、と引き受ける。

住民票をもらうまでの待ち時間、カウンター横の様々な案内の中に、『中高年のためのランニング講座』のチラシがあった。近頃は、毎月一二〇キロ、と決めて走ってはいるものの、大会でのタイムは下がる一方で、ひざや腰を痛める始末だ。

大好きなことをして生きていこうと決めたところだ。いちど、走る基本を習ってみるのもいいか……と思うとワクワクしてきた。夜の七時から九時、全部で八回の講座だ。単発でも申し込めるようだ。手帳を見ると半分は予定が入っているが、半分は受けられる。

「よっしゃ！」

私の受けた一回目、二回目は、講義と筋トレで、体力が下がり、仕事に追われる中

高年こそ、理屈にかなったトレーニングが必要だということを教えてもらった。がむしゃらにがんばって走ることが速くなるものでも、身体が強くなるものでもない。

講師は、元順天堂大学で駅伝の選手だった男性で、私と同じ年齢だった。講義よりも、その先生の走り方の美しさに感動した。着地して蹴り上げるある瞬間、身体がまっすぐに伸びているのだ。今の私の走り方は、ひざと腰が曲がっていると思う。地面にそのまま身体を預けることを意識しないと、どんどん腰が引けていくと、この時も思った。走りも生き方もだ。

三回目の講義は耐久力をつけるためのトレーニングで、インターバル走だという。インターバルと聞くだけでドキドキする。高校時代の陸上部での練習メニューのなかで、誰もがイヤがるトレーニングだからだ。吐きそうになるくらい、全身が苦しい。聞いただけで逃げ出したくなる。

ゼッケンをつけて、しんと冷えるトラックに出る。トラックで走ってみたいという気持ちも萎え、その日は走りきれるだろうかという恐怖しかなかった。

以前「恐怖と不安の違いは?」と大学で教育学を教えている知人に尋ねたことを思い出した。その時は「恐怖は対象が具体的に見える時に湧く感情で、不安は対象が見えないときに湧く感情。今の子どもたちは、この〝不安〟でいっぱいになっているから、しんどいのだ」と彼は話していたと思う。今の私は、そのしんどさ、つらさとしてはまだマシなはずの恐怖で必死になって、逃げ出したくなっているのだ。

トラックを何周かして、準備体操。その後がインターバルだ。さっき聞いた練習メニューが夢の中の話でこのまま終わればいいのにと思う。私は近頃、そんなふうに思って生きることに慣れてしまっている。顔をそむけたくなることや、つらいことがあっても、夢か幻のようにそのことをどこかに追いやり、目の前のことだけを見て生きようというやり方に――。

インターバルトレーニングは、何メートルかを全速力に近い速さで走り、同じ距離のジョギングをはさみ、また全速走、そして、ゆっくりのジョギングを繰り返す。一〇〇メートルのインターバル三本を終えて、二〇〇メートルインターバル三本に移ったところで、八〇〇メートルにいくまでに私はダメになるだろうと思った。オーバーペースだとわかりつつも、チームの速い女性のスピードにつられて走ってしまうのだ。これ以上にスピードをあげたら、もどしそうになり、身体が限界になるだろう。毎日のデスクワークでクタクタになっている私にはムリだ。一〇〇メートル、二〇〇メートルときて四〇〇メートルのインターバル三本を走っている間中、途中でやめることばかり考えていた。

やおきは今、高校三年生。進路が定まらず、小学校入学前に止まっていた喘息の発作がまた出始めている。明け方に目が覚め、座っていないと息ができないという日がある。

「一緒に闘おう」なんていう私は、口先ばかりだと思う。しんどい場面になると腰が引け、こわくなり、逃げることを考える自分がいる。

「もうアカン」と思ったとたん、ほかの人のペースに惑わされなくなった。そして八〇〇メートルに移った。私が高校時代、専門にしていた距離だ。大会でゴールすると、いっせいに更衣室の水場に駆け込み、ゲーゲーと嘔吐していた。聞くだけでこわい距離なのだ。

チームのリーダーが「行きます」と言って、腕をあげ、私たちは「はい」と答えてスピードをあげた。私は一週間前に四八歳になったばかりだ。中年らしいスピードで走ろうと思っていたけれど、さっきまでの四〇〇メートルの時とはまったく違った感覚が湧いてきた。競技場のトラックで八〇〇メートルを走り、インターバルトレーニングの最終盤にきて、こんな時は今しかないだろうという恍惚感だ。大会で八〇〇メートルを走った時、トラック二周目の第四コーナーにさしかかり、最後の一〇〇メートルに向かう時、仲間からの「ラスト！」の声援が聞こえ、残る力をふりしぼってダッシュする、「今がすべてだ」と思う、あの感覚だ。今を味わいたいと思いながら、苦しい八〇〇メートルを三本走り終えた。「よっしゃ！」と心がはずむ。

挑む楽しさ、終える楽しさ、質の変わるドラマのような楽しさ。これがあるから、まだいけると思うのだ。気分よく、ビールを飲んで身体中がだるい。全身が筋肉でなく、すじ肉の身体だ。きっと内臓の筋肉も総動員して緊張したに違いない。

帰って、やおきが話しかけてくると「今日は、私はバテてんのや」と言って、お風呂につかり、そのままふとんに入った。ただし、身体を使い過ぎて、ぐっすり眠れなかった。とてものん気な人間だ。

苦労は夢や理想に近づけてくれる

西淀川地域で子育てネットワークの活動をしている仲間が中心になって、共生ホーム「ひまわりの家」の建設をはじめている。たくさんの人の出資と借金で、なんとか進んでいる。私も信頼のおけるいく人かの知人に出資を頼んでいる。

私はといえば、毎月、何を滞納しようか、今月は電話代？　次はガス代？

電話は止まってもなんとかいけるが、ガスと電気は寸前に手を打てよ、という生活だ。義務教育は中学生まで、高校に行きたいなら自分で選ぶべし、と娘のさわこには言ってきた。さわこは自分で選んで、高校に入学した日から、よく働き、よく遊んで、そして卒業した。そんな姉を見て、やおきは自分はあそこまでやれないと思ってしまうようだ。いいにつけ、悪いにつけ、暇さえあれば、遊んでいるか、一七〇数センチの身体を横たえて、着替えもせずにぐーぐー寝ている娘の姿を見て、私は「なんや、こいつは！」と思うことが日常だが、最も親しい友人の一人として見ると楽しい。

私もウダウダ言ってないで、インドやヨーロッパに行くお金を貯めようと決めた。給料日に何を滞納しようと、まず自分のために一万円ずつ郵便貯金に預けていくのだ。

その定額預金の満期になったものが、ちょうど二〇万円になった。海外旅行はいつでも行けるだろう。自分の楽しみのために貯めた二〇万円のお金だが、今は共生ホームに出資するべしだろう。

貯めるのにあんなに時間がかかったけれど、通帳からお金にすると、一万円札がたったの二〇枚だった。二〇枚を出資金として、共生ホームの建設の中心人物に渡すと〝みそぎ〟を終えたようなスッキリした気分になった（ただし、私が知人たちに申し入れている出資金の額はもっとずっと、一万円札の枚数が多いのだが）。

「スッキリしたわー」と、成人した子どもたちを含め四人の子育てに、悪戦苦闘中でアルコール依存症の夫をかかえる私と同じ歳の大石さんに話すと、「へぇ〜」とあきれられた。しばらく間をおいて、

「伊藤さんさあ、育ちがええんやわ。やっぱり」と感心された。

お互い、ちょっとしんどいことがあっても、懲りない人間だと思っている。彼女も高校時代、陸上部で八〇〇メートルをやっていたので、飲んで走る話をしていたら盛りあがって終わるのだ。私は「まあ、ええやん」、彼女は「まあ、ええっか……」が口ぐせだ。

その彼女に〝育ちがいい〟と感心され、小さい頃よく言われていたことを思い出した。子どもの頃、せっせと家の手伝いをしない私は「貧乏人のおじょうさんになったらアカンで」と注意されたのだった。あの頃はイヤな言葉だと思った。

私は三人きょうだいの長女で、両親は兼業農家として勤めに出て、田畑の仕事は主に祖父母が担っている家族のなかで育った。

大人たちは、いつもいつも働いていて、夜ごはんを食べる時、家族で話をするのが一番のぜいたくな時間だったと思う。子ども心にその時だけは、昼間と違うくつろいだ時間の流れを感じていた。

少し離れた裏の家のお姉ちゃんに、「まみちゃんとこはお酒も飲まんくせに、ごはんが長いいうて有名やで。うちのお父さんがお風呂に入る時もごはん食べてるし、最後にお母さんが入る時も、まだ台所に電気がついてる言うてるもん」とからかわれた。

夜ごはんの時に一日のことを話し、私たちはきょうだい喧嘩をして叱られ、自分は大事にされている気持ちが育まれていった。

私たちきょうだいは三人とも仕事に熱中しやすい。基本的に自分の仕事が好きだ。私は人と関わる仕事が好きだ。妹は幼い頃から家の間取りを書いた新聞紙を切り取って眺めて楽しんでいた。当時から設計の仕事をすると決めていた。弟は作文は苦手だが、数字と遊んでいたら時間を忘れてしまうくらいだ。祖父ゆずりで手先が器用な彼は細かい作業が好きで、コンピューターの仕事が性に合っていると思う。

三人とも農家の仕事を継いでいない。農繁期には田んぼの手伝いに駆り出されていたが、田舎では嫌われる〝花見百姓〟のようなところがあった。目の前の仕事に熱中しないで、隣で咲いている花を愛でるような性質があったと思う。

成人して妹と実家のことを話す時、そのことを「私らって、どこか中途半端やな」と言い合う。加減しないで働いてしまうところもあり、同時に夢を見ている部分がある。そのことも、少し前までは私の〝もうひとつなところ〟と思っていた。

大石さんに「育ちがいい」と言われて、「うん。そうやねん。私ってすごい理想主義者なんよ。とことん苦労してないしな」と笑った。

高校を卒業して、親に反対されながら大阪に出る時、みんなから〝ドケチ〟と言われていた祖母が、一万円札を握らせてくれ、「金はいくらあってもじゃまにならん」と言ったあと、「ぎょうさん勉強せいよ」「若い時の苦労は買うてでもするもんや」とつけ加えた。祖母は言葉もきつく気の強い人だった。家族のなかでは、いちばん私が叱られ、かわいがられていたかもしれない。

その時の言葉を私は「苦労は買ってするもの」と変えて生きている。買った苦労は自分を夢や理想に近づけるからだ。

わかっていてもたいていは揺れる

やおきが中学に行かなくなったときも揺れた。

やおきと一緒にいる時間が短いこと、家族で旅行に行く時間も作らなかったこと、宿題の点検もしなかったこと、しんどそうでも病院に連れていかなかったこと……。学童保育の親たちが、我が子の幼い頃の思い出話をなつかしくすることさえ、すんなり聞いていられなかった。

私が忙しくしすぎて、「親を困らせる」「反抗する」という自由さえ、この子に与えてこなかったのだと自分を責めた。

いつも私の仕事に連れまわし、ムリヤリおとなしくさせていたのだと。

同性が好きな自分は生まれてこなかった方がよかったと言ったあとも同じ。うしろにばかり目が向くのだ。いつもは目の前にあるものや、まわりさえ見えず、自分の思うところに直進する私がいる。

私が子どもたちに願うことはひとつだけ。一人で大きくなったわけじゃないということ、自分は世の中にたった一人しかいない、かけがえのない存在であるということを自覚すること。

いろいろ揺れてもそこに戻るのだ。まして、やおきの場合、一筋縄でいかんだろうと覚悟して、やおき、と名づけたんじゃないか。

あまり後悔することなく生きてきた。というよりも、そんな余裕を自分に与えないで生きる選択をしてきたと思う。

高校時代は、朝出て、晩までクラブ。日曜日は、小学校から続いている習字の練習。合間に、友だちと遊んだり、ちょっと家の手伝いをしたり。

大阪に来てからはもっと忙しい。昼はバイト、夜は大学の授業。授業のあとは、先輩や友だちと居酒屋でごはん、そしてときどき、社会活動。土日は、ワンダーフォーゲルの練習で六甲山。すきまを見つけてデート、という生活。

三回生の終わりから、学童保育の指導員になってからというもの、忙しさに拍車がかかった。夜間の大学を卒業したことで、遠慮なく夜の会議の予定を入れることができるため、眠る時間が少なくなった。

父との約束どおり、二三歳で結婚して、学童の仕事をしながら、「いまだ！」という瞬間を選んで、さわことやおきを産んだ。いつも私のペースで走り続けている。そのことでつき合っている時も、結婚してからも、つれあいとはよく言い争った。

子どもたちも、このペースにつき合わせてしまっているのだろうなと思いつつ、それでも子どもは大きくなるもんだと思った時、やおきの不登校がはじまった。その時初めて、人並みに子育てについての自分のやり方、生き方を振り返ってみる時間が与えられたように思う。

私は、学童っ子たちとのやりとりはおもしろかったが、仕事そのものは、いつもキツイと思っていた。親しい人には、「もうやめたい」と言いながら、なんとか現実に向き合い、ひとつずつクリアしてきたと思っている。

さわこが二歳の頃、学童の子どもがケガをした。その頃は幼い子を抱える二人の指導員体制で仕事をしていた。ケガをしたお母さんが、「指導員が子育て真っ最中なのはわかるけど、子どもにケガをさせてどうすんねん」と怒っていると、父母会で話になった。私は「子どもを産んで仕事を続ける」と気合を入れていただけに、「子どもを育てているということを理由に、仕事に手を抜いたことなんかないのに！」とガックリきてしまった。実際、さわこが病気だからという理由で、保育や夜の会議を抜けるということは、自分で許せなかった。

だからその言葉を聞いた日は、しんどくてくやしくて眠れなかった。夜中にふとんのなかで、いつまでも鼻をズルズルならして泣いていると、横で寝ているはずの二歳のさわこが「おかあさん、保育所はこわくないよ。さわこ、明日からバイバイするからね」と言った。

この数日間、毎朝、保育所で私と別れるときに泣いて離れないさわこだったのに、翌朝は、自分から保育所で「お母さんバイバイ」と手を振って見送ってくれた。その時、私がメソメソしてたらアカンと、さわこに力をもらった。

やおきがゼロ歳児の頃に、学童保育も一人体制で、トラブルも多く、私はまたしんどくて、学童から逃げ出したくなった。保育所帰りの自転車で、「お母さん学童やめたい……」と弱音を吐いていると、四歳のさわこが、「さわこ、お母さんに保育所の先生みたいに、子どもらといっぱい遊ぶ仕事しとってほしい」と言ってくれた。「そうやなー。好きで選んだ仕事なのに、しんどいからってやめたらアカンよなー」と思い直したのだった。

さわこが低学年の頃、大阪市が学童保育とは別で、親の経済的負担ゼロの全児童対策事業を始めた。経済的に苦しい何人もの子どもが学童をやめて、新しい事業に移っていった。

「私がやってることは何なのか?」と力が抜けてしまい、「お母さん、もうこの仕事イヤやわ」と晩ご飯の時、さわこに言うと「やめたらアカン」のひと言。

「看護婦さんや学校の先生って学童より、もっともっとしんどいねんで。お母さんは学童が合ってんねん」とシビアな言葉。

我が子は確実に育ってると安心させられ、励まされた。

そんなふうに、私はまわりから励まされ続け、まさに交わりのなかで自分の生命を保ってきたと思っている。

その延長線上にやおきの育ちもあると思い、四〇代の自分の生き方探しに集中すればいい、と決めていた矢先に、やおきから疑問符が送られてきたのだ。

私の子育てや、人を見る価値はそれでいいのか、と考える機会を――。

大切な人がしんどいことは、何より自分を苦しめるし、大切な人をなんとかしたいという思いが自分に力を与えてくれる。やおきたちは大切な人に囲まれて、生きていってほしい。

性に対しても、狭い認識のまま生きてきたことにも気づかされた。性は生命を維持するための交わりであり、コミュニケーションの本流にあるものだ。思春期に自分の性に目覚めて、かけがえのない人を求めて、出会って、受け入れて交わっていく。そんな関係を味合いながら、豊かな人間関係が育まれ、自身が肥えていくのだ。めちゃくちゃにたくさんの人がいて、自分が生きることができるんだよ。やおきたちには思いっきり、そんな生きる喜びと不思議で楽しい人生を創っていってほしいと思う。

私の子どもとして、やおきとさわこに出会えたことは、ほんとうに不思議で楽しいことだ。

思秋期にさしかかった時、やおきが私に新しいテーマを与えてくれてありがとうと言いたい。世界中のどこを探してもあなたと同じ人はいないのだから。

私はやっと思秋期の峠を乗り越えて、もっともっと自分の好きなことをやりたい気持ちでいっぱいだ。これからも誠実に、生きる力をつけていきたい。

自分で決めたことでしか力を発揮できない

やおきは高校を卒業した。

卒業式に行くと受付で「何組ですか」と尋ねられ、何組だったか知らないことに気づいた。

「いとうやおきです」と言いながら、並んだ名簿から名前を探そうとしていると「あぁ、伊藤くんなら、こっちです」と声がかけられた。受付をしている先生の何人かが、やおきのことを知っているようだった。先生に大事にされて今日までできたことを実感した。

卒業式に入場してくる姿を見て、三年前「この子は、ここでやっていけるのだろうか」と不安に思った気持ちがよみがえり、今ある安定感をあらためて実感した。

式が終わって、担任の先生のところへあいさつに行く途中もやおきは、友だちや先生に「これ、母やねん」と紹介してくれた。「担任の先生には、よう礼言うといてもらわんとあかんなー。おまえはいっぱい世話かけとるからな」と、やおきが最も親っている先生からも声をかけられていた。

高校時代はアルバイトに精を出し、そこで信頼できる先輩に出会い、私やたくさんの人たちにカミングアウトした。その時から食欲も旺盛になり、高校を卒業すると決めて休まず授業に出るようになったのだ。

「高校を卒業したら、大海にほり出されたようでこわい」と言っている。やおきにいわせれば中学時代とは違うしんどさがあるそうだ。けれど、自分で決めたことでしか力を発揮できないということは私が一番よく知っている。

これからは、どちらかといえば今の時代をともに生きる同志として一緒にがんばるしかないと思っている。

子どもは前に前に進む力を持っている

我が子が最も親しい友の一人であるという考え方は、今も変わらない。ただし、やおきは男の子である分、さわことは違った接し方をしてきたかもしれない。私には五歳年下の弟がいて、両親が仕事をしている間、私がこの子の面倒をみたと思っている。そのためか男の子は守ってやる存在だという感覚がしみついている。妹と弟は対等にけんかをしているが、私は弟に対して「この子の言うことやから、しかたない……」とまずは許してしまうところがある。それは私の持ち味でもあり、いまさら否定する気もない。

やおきは私に対して、自分は守ってもらう存在ではなく、お姉ちゃんと同じように対等に向き合ってほしいと願ったこともあるだろう。

私自身は成人しても、二〇代、三〇代、四〇代と変わっていったように、やおきもこれから変わっていくだろう。その都度、私たちは出会い直す勇気や好奇心を持ち続けていたいと思う。

私は子どもを育ててきたなかで、何よりもベースになり自分を支えた考え方は、子どもは親だけで育てるものでないということだ。私は未熟な親であることを自覚しつつ、いつも保育士さん、先輩のお母さん、友だち、私の両親の知恵と力を借りた。時に親としての自分を責めることがあっても、冷静に見ると思い上がっている自分に気づく。「自分だけで我が子を何とかしようと思っているのか？」という問いが生まれるからだ。

人間は人間によって育てられる。だから子どもたちは、私とは違う価値を持つ人たちから風を受けながら、いろんな人がいることのおもしろさを味わい、自分を大事に育みながら生きていってほしい。

子どもはより自分に誠実に前へ前へと進む力を持っている。そこに信頼を寄せる努力が問われる場面もある。右往左往して逃げ出したくもなるけれど、生き方や価値をどこに置くかを確かめ、直すことも必要だ。

私がいつも握りしめている言葉は「葛藤」だ。様々な場面で「この子の願いは何なのか？」「私はこれでいいのか？」と揺れて、迷う。これまでの育ち方や生き方のなかで立ち止まり、向き合えば、もうひとつ前に進み新しい自分との出会いがあるのだ。その最中はキツイけれど、葛藤することがドラマを作り、感動をくれる。そして感動は生きるエネルギーを大きくしてくれる。

こんなふうに言うと、いつもビシビシとタイトに生きているようだが、隙さえあれば私たち親子はのほほ〜んとしている。そして生きていることの喜びを共有している。

新緑の五月、姉のさわこが家を出る。私たちはやっぱり「がんばろうな」と言い合っている。

学童保育と夜間中学――解説

松崎　運之助
（元夜間中学教諭）

伊藤真美子さんは、長年、学童保育の指導員をやり、現在も大阪学童保育連絡協議会の事務局長をしている。

学童保育所は働いている親の子どもたちが放課後を過ごす場所である。そこには、「お帰り！」と迎えてくれる親代わりの指導員や放課後のきょうだいたちがいる。ここで子どもたちは、学校ストレスから解放され、時間を忘れて思いっきり遊ぶ。

私が伊藤さんと初めて会ったのは、十数年前、大阪の学童保育指導員講座においてである。私はそこで夜間中学の話をした。

私が長年勤めた夜間中学は、戦争や貧困、病気などの理由で義務教育を受けられなかった人たちが通ってきている。日本語が不自由な外国籍の生徒もいる。

この夜間中学と学童保育は、似ている点が多い。

どちらも生活上の切実な必要から、戦後間もなく開設された。生きていくために、どうしても必要だったのである。

そして長い苦難の歴史がある。にもかかわらず、世間の目からは遠いところにある。法的整備はほとんど手がつけられていなかった。

しかし、法律よりも現実、制度よりも人間という考え方で、保護者や指導員、あるいは地域の支援者や担当教員たちの善意や努力で維持されてきたのである。

学童保育所や夜間中学の数は、現在でも必要とされる数に遠く及ばない。大幅に不足しているし、開設しているところでも、予算は乏しく、施設・設備は貧弱である。

悪条件が多いにもかかわらず学童の子どもも夜間中学生も、自分の意思で通い続ける。そこは厳しい管理の目や点数での優劣比較がない。だから自分を伸び伸びと解放できるし、遊びや学びを通して多様な仲間と交流できるのである。

一生懸命がんばろうな！

指導員講座のあと、伊藤さんから声をかけてもらい、「子育てと教育を考える西淀川のつどい」で話をさせてもらった。

そこで、伊藤さんが指導員をしている「がんばれクラブ」のはつらつと輝く日々を知った。子育てや教育のために活動している「西淀子育てネット」のことも知った。

なによりも、人との関わりを大切にしている伊藤さんの、飾らない人柄と、前向きに懸命に生きる姿勢に感動した。

「がんばれクラブ」の〝がんばれ〟は、学童の子どもや指導員、親たちみんなへのエールである。でもこの〝がんばれ〟は伊藤さんに一番似合っている言葉だ。

伊藤さんは、仕事をしているときも、話をするときも、ビールを飲むときも、きっと自分を全部出して、一生懸命だと思う。

伊藤さんは、〝前向きに生きる〟ということへのこだわりが強い。だから一生懸命がんばるし、みんなにも声をかける。

「それが子どものころから、性急な行動になったりします。今でも『えらいこっちゃ』と思うと、ひとりでさっさと動いて、あとでまわりに指摘されて落ち込むことが多い。

すると、子どもの頃の私が「そこがあんたのええとこやん」と励ましてくれるのです」（団地の広報紙に伊藤さんが連載している「ランナー通信」より）

伊藤さんは、ドーンと落ち込むが、その落ち込みにいつまでもデレデレしていない。必ず、すくっと立ち上がる。その様が見事である。

「今どきはやらない言葉だけど、私は〝がんばろうな〟が大好きである。家族にも、学童の子たちにも、ＯＢにも、自分自身にも〝がんばろうな〟と呼びかける」（「ランナー通信」より）

そして、自らを励ます手段として、伊藤さんは走る。走ることもまた大好きなのである。

ささやかな幸せ

「がんばれクラブ」での伊藤さんの活躍は、映画『ランドセルゆれて』（中山節夫監督作品）になって多くの人を感動させた。映画では、伊藤さんの役を女優の清水由貴子さんがやり、伊藤さんは大阪学童連絡協議会のメンバーとして出演していた。

伊藤さんの愛称〝ドド〟を書名にした「ドド先生物語」（八田圭子著・高文研刊）も刊

行され、伊藤さんの活躍は広く知られることになった。

私は伊藤さんの生き方や人柄が大好きである。気負いのない、飾らない人柄は魅力がある。歯切れのよい関西弁の語り口もまた心地よいリズムがある。

「私が子どもたちに願うことはひとつだけ。一人で大きくなったわけじゃないということ、自分は世の中にたった一人しかいない、かけがえのない存在であるということを自覚すること」

伊藤さんの言葉はわかりやすい。

息子のカミングアウトについては、母親としてのふっきれた清々しさがある。

「性の少数者がまわりにいることを、当たり前だと認めない今の時代には、言えるところではがんばって話したいと思っている。むしろ、こんなステキな息子だと自慢したいくらいなのだ」

ゲイという言葉の原義は、「明るい、陽気な」である。少数者であっても、明るく陽気に暮らす権利がある。違いをやわらかく認めあって、ともに楽しく生きられる社会にしたいものだと、私も切に思う。

この本は、伊藤さんの子育て体験記である。泣いて笑って、落ち込んで、感動して、喜怒哀楽のメリハリが大きいドラマが展開されている。

そのなかに、ささやかな幸せを願う庶民の、どこかなつかしい風景が広がる。
さりげない優しさと愛があふれている。
子どもも親もキラッと光ってさわやかである。

あとがきにかえて

二〇〇九年の夏、東京シューレ出版の方が、ほかの出版社の知人と一緒に大阪を訪ねてくれ、三人でビールを飲んだ。

その場でいきなりやおきのことを書いてほしいと言われ、ふたつ返事で引き受けた。やおきがカミングアウトした翌日から私は、時間の許すかぎり書店に行き、同性愛を扱った本を探し求めた。性の少数派について書かれた本に、どれだけ救われたことだろうか——。だから「私のできることでよければ」と考え「いいですよ」と答えたのだ。

その時、約束したことは三つだけだ。テーマは〝息子へのラブレター〟、文字数は十万字、書く時期は五か月後の正月休み。

自宅に帰って、やおきに話すと「ええよ、べつに」のひと言。隣にいたさわこが「なんでさわこのことでなく、やおきなん？」とますますこの話を軽くしてくれた。

「まだ、先のことやわ」という気分で返事をしたものの、当たり前だがあっという間に正月休みがやってきた。やおきへのラブレターなど、アイ・ラブ・ユーしかない。

十万字を目標に、ひたすらマラソンのように書き続けていたら、私自身の「更年期宣言」になってしまった。

松崎運之助先生が紹介してくださったように、私は住んでいるマンションの毎月の広報紙に『ランナー通信』を書きながら、我が身を振り返る時間をもらっている。走りながらふだん忘れていることを想い起こして、大事なことを確かめるたびに私は、今生きていることの豊かさをかみしめている。あらためて〝私って、ようがんばってるよなあ〟と悦に入りながらも、何とたくさんのひとに、ここまで連れてきてもらえたのだろうとうれしくなる。

今のやおきに出会えて私の考え方、生き方の幅が広がった。そしてこの原稿を書くことによって、自分のなかにたくさんのひとが棲んでいることを確かめる機会が持てた。結果として息子だけでなく、私のまわりのひとたちへのラブレターになったと思う。

この五月、娘は「彼と一緒に住むねん」と家を出ていった。引越しの手伝いに行った私に娘が「カーテンの裾あげして」と頼むので、私がぎこちなく、テープを使ってアイロンをかけていると、娘が彼に「うちの母って、けっこうなんでもできるやろ？」と言っている。そうとう雑で、不器用な手つきにもかかわらずだ。その時「私は、この子の親やったんや」と感じた。私がそうであったように「母親は自分ができないことができる」とさわこも思っているのだ。そして親の私は「娘は自分にないものを持っている」といつも思っている。

「さわこが出て行ってさびしいやろ？」と私に言いながら、やおきは悩みつつ陽気に生きている。本のことを話すと「重いタイトルはイヤやで。〝ゲイでええやん〟はどう？」と言う。それに私も大賛成。

私はいつも一瞬まじめに考えて、軽く「ええやん」で、次の一歩を踏み出している。そしてやおきは「オレもちょっと登場させてよ」と言った。翌朝、目覚めると台所のテーブルに原稿用紙が二枚置いてあった。

「この本が出て、あんまり読んでほしくないと思うところもあるけど、せっかく読んでもらったので、男が男を愛しちゃう、そんなぼくの話を少し。

今でこそ笑って言える「おれ、ゲイやねん」のひと言も、数年前までは死ぬまで誰にも言わないと自分に決めて、ひとと接するのもこわかったけど、そんなん何もおもしろくない。

今でもこわいことばっかりの毎日で、キズつくこともいっぱいあるけど、たった一人に自分の苦しみを告白するだけで、ほんとうに一気に全部が違ってくる。

誰でも『一般的』『世間』とは違った部分があって、それはたぶん変えられることはないと思う。そんな『普通じゃない』部分を受け入れてもらうことで、また誰かを受け入れることができるんだと思う。

『一般的』な『世間』の常識は変えられなくても、自分の大事なひとたちにわかってもらうことで強くなれるし、その大事なひとたちが今までの何倍も愛しくなってくるはず！

これから先の人生を考えるとこわいけど、とりあえず今の課題と闘っていきたい。
どんな生き方してたって悩むやつは悩むし、合わないひととは合わんし。
SM好きだって、
太ってたって、
病気だって、
貧乏だって、
キモくても
なんだっていいじゃん。
世間とのズレは誰にでもある。

ぼくの場合、そのズレの一つが同性愛ってなだけ。
ってことで、ゲイでいいじゃん。

やおき」

最後にこの本を出版するにあたって、きっかけをつくっていただき、多忙のなかで解説を書いてくださった元夜間中学教師の松崎運之助先生、よその出版社の仕事にもかかわらず何かと相談にのっていただいた、いかだ社の新沼さん、そして編集・制作に奮闘していただいた、東京シューレ出版の小野さん、須永さんに心よりお礼を申し上げます。

また、文中に登場する子どもたちはすべて仮名にしました。

この本は、何よりも私にとってかけがえのない財産になりました。

ありがとうございました。

伊藤　真美子

伊藤真美子
Itoh Mamiko
1961年、兵庫県印南郡志方町(現加古川市)に生まれる。
18歳より大学進学のため大阪へ転居、以後働きながら学ぶ。
21歳から学童保育(姫島姫里学童保育所、がんばれクラブ)の指導員として23年間働く。
23歳で結婚、長女、長男を出産して働きながら育てる。
2005年4月より大阪学童保育連絡協議会の専従職員として働き、現在にいたる。

ゲイでええやん。
カミングアウトは息子からの生きるメッセージ

2010年8月15日

著者◉伊藤真美子
発行者◉小野利和
発行所◉東京シューレ出版

〒162-0065　東京都新宿区住吉町8-5
Tel・Fax 03-5360-3770
Email info@mediashure.com
Web http://mediashure.com

装幀◉芳賀のどか

印刷・製本◉モリモト印刷株式会社

定価はカバーに表示してあります。
ISBN 978-4-903192-14-7 C0036